U0455643

遇见

北京老舍文学院 编

 诗歌卷

老舍文学院新人力作丛书

北京燕山出版社
BEIJING YANSHAN PRESS

图书在版编目（CIP）数据

遇见：诗歌卷 / 北京老舍文学院编 . -- 北京：北京燕山出版社，2019.12（2022.9 重印）
（老舍文学院新人力作丛书）
ISBN 978-7-5402-5735-4

Ⅰ.①遇… Ⅱ.①北… Ⅲ.①诗集－中国－当代 Ⅳ.① I227

中国版本图书馆 CIP 数据核字 (2020) 第 003623 号

遇见：诗歌卷

编　　者：北京老舍文学院

责任编辑：王月佳

装帧设计：张　悦

出版发行：北京燕山出版社有限公司

社　　址：北京市丰台区东铁匠营苇子坑 138 号 C 座

电　　话：010-65240430（总编室）

印　　刷：廊坊市新景彩印制版有限公司

开　　本：710mm×1000mm　1/16

字　　数：157 千字

印　　张：19

版　　次：2021 年 6 月第 1 版

印　　次：2022 年 9 月第 2 次

定　　价：56.00 元

序：诗卷长留天地间

　　诗在中国，历史悠久，积淀深厚，为历代所重。其中的缘由，我之前理解得十分肤浅。年轻时曾以为，诗不过是单纯的文学而已，写起来文词加技巧，读起来朗朗上口，就是诗的全部。这种观念偏近于所谓的小技。如今我方明白绝不那么简单。体量弱小的诗如此源远流长，在各代都能俘获大量"粉丝"，其中原因需要悉心体察。就比如眼下的新诗，尽管表面上备受诟病，但它的"铁杆粉丝"有增无减，以千百万计，诗歌活动更是盛况空前，非单纯的文字加技巧所能解释。诗不仅是单纯的文字，还是生命的外化，关系到人的喜怒哀乐，悲欢离合，换句话说，诗勾人心，关系到人的幸福指数。诗的功能也不限于个人抒发感情。兴观群怨这一古老的总结极为精到，我在网络诗歌中能更深刻地体会到。在那里，有人将诗当成鲜花、蛋糕，有人当成选票、话筒，还有人当成投枪、匕首。这些五花八门的诗歌功能也是其活力的源泉。这些年，我重读屈陶李杜，就发现，诗原来如此重要，如此复杂，既是个体生命的凝结，又是社会生活的折射；既是时间的记录者，又是历史的参与者；弱则轻于鸿毛，重时胜过泰山。无论小大轻重，诗歌的生命力总那么顽强。这本老舍文学院第二届中青年作家高研班诗选，便是这种顽强生命力的一个新例子。让我明白，诗，历尽千难万险，依然生机勃勃。

　　这是一本特殊群体的特殊诗集。与通行的个人诗选、年选、多年典藏等都不同，甚至与偶见的那种地域性诗选或同人诗选也不相同。诗歌班是这个时代的一个特殊群体，是组织化诗歌教学的产物，反映了我们时代对于诗教的一种想象方式。它的特殊性还在于其独特的成员关系。诗歌班结业不结课，学员之间的联系和互动紧密而频繁，凝聚力超强，不是同人胜似同人，绝非沙龙盖过沙龙，以独特的方式印证了诗歌的维系力、激荡力。这本诗选，便是这维系和激荡的直接成果。

诗集选入 24 位诗人，200 余首诗。遴选严格，优中选优。据我了解，每一首都系学员的精心之作，经过个人认真挑选，反复打磨，并经吴思敬、树才、西渡等几位指导教师的悉心点拨。为了保证诗选质量，学院专门组织了几次网上交流改稿，我本人有幸为诸位学员讲解，与他们共同探讨诗歌技艺，在疫情肆虐的庚子春天，实在是一个独特体验。

诗集的水平令人欣喜。至少在我看来，发表不在话下。像刘雅阁《我为你画像》，周卫民《声音》，寒竹《总有春天让人感动》等作，神思妙想，诗意盎然，都是令人拍案的佳作，完全有进入各类诗歌精选的潜质。学员们的大多数诗作都好得出乎意料，表现不凡。读稿之前我曾暗自嘀咕，担心又是那种常见的个人自费诗集类水平，文字毛糙，意象平平，味同嚼蜡。读后发现自己太武断了。诸位诗人下足了文字功夫，字斟句酌，我用尽浑身解数也没有挑出多少文字上的毛病。更让人开心的是，每个人都写出了自己的水准和特色。布非步、张义的高蹈前卫，陈丽伟的新式对仗，樊淑玲的通透热烈，非白、楚红城、梁小兰、刘玥含的雅致婉约，李睦的名词意识，刘艳茹的儿童视角，史冰的外冷内热，王伟的多重技巧，小海、王友河、赵昕的潇洒炽烈，郭冠荣的奇思妙想，高丽敏、伽蓝、黄长江、赵玉良的朴素真挚，自明的智性幽默……他们的特色在学院布置的命题作文里表现得更明显，如"红螺寺""芦庄"等诗题，诸位写得八仙过海，各具风神，不同角度，不同想象，不同风格，读来令人愉快。当然，每个人的诗作远非一两个词语所能概括，想要领略其妙，须得一一阅读原作。我作为忝列其中的一名任课老师，对诸位学员丰硕的成果感到格外高兴，能跟这样一群优秀的诗人交流实在是一种荣耀。在此，我特别想做个广告，建议喜爱诗歌的读者朋友，特别是有了一定写作经验且打算升级的朋友，一定要读读此书。

老舍文学院诗人是当下京城的一个优秀诗人群体，这本诗选展示了他们的实绩，同时，也呈现了当代诗歌的一些共性问题。正因此，这本诗选格外值得重视。由此，我们既可以看到优秀诗人在快速成长中的诀窍收获，也能发现他们遭遇的瓶颈制约。我想分下面两个方面谈：

收获方面，如普遍确立的技艺自觉，明确的文体意识，特别是对各自心仪的诗歌范式的追求所产生的积极推动，尽管这些范式常常带有创作的陷阱或理论误区，他们也乐此不疲。这种状态正是青春期长身体阶段饥不择食的美好状态的表现。举例来说，洛夫为刘雅阁提供了营养，穆旦则是史冰的良友。标题意识是他们技艺自觉的又一表现。陈丽伟《泪之花》，非白《篝火是沿着黑夜生起的》《春是木的，一扇门把他分开》，高丽敏《抄袭——写给母亲七十寿诞》，郭冠荣《敢先生，欠你一个拥抱》《那么重的云朵》，黄长江《风谒红螺寺》，李睦《隔离服上的名字》《零号病人诊断书》，史冰《躲进眼底的忧伤》，寒竹《爱故里，爱我最初站立的地方》，张义《故宫这个动物园》《城市的味道高高飘扬》等，都是颇有意味的标题。再比如诗歌的命名意识。说起来我们都明白，石壕吏、锦官城、卖炭翁、武昌鱼、长沙水等属于人们熟知的经典命名，然而在当下的诗歌创作中，命名意识并不普遍。我觉得命名是诗歌中的灯盏，具有照亮的功能，需要创造性的思维。词与物，命名与存在，之间的关系特别有趣。在这本诗选中，郭冠荣命名的"敢先生"，其实是一个孩子。李睦的"零号病人""光明果"，布非步的"民主的牛"，楚红城的"穿绿色军装的树木"，梁小兰的"人间正在变成车间"，刘玥含的"筝曲"，史冰的"老泪纵横的溪流"，张义的"山民阶级，武夫阶级""舞爪龙""单腿仙鹤"等，都令我眼前一亮。然而，这种命名于大多数诗人是无意识的。

问题方面，有这么几个，一是现代诗的现代性表达，尚需加强现代性意识，努力挣脱古典审美的拘囿。现代诗人如何更有效地表达现代性，也就是表达现代经验、现代感受，以区别于陶谢王孟的古典经验、古典感受，摆脱古典诗歌的束缚，是不少诗人面临的挑战。这本诗选告诉我，并非现代人表达的自然而然就是现代性。绝非如此。诗选中，不少诗作在现代性表达方面做出了努力，体现了相当的创作自觉。但还有一些故乡、自然、田园题材的诗作，不免落入古典审美的窠臼，表现为两张皮，即现代诗的外套，古典诗的肉身。本人活在市场、职场，近于战士、斗士，诗歌写出来的却是隐士、道士。类似两张皮的诗歌在当代普遍存在，好像得了一种习焉不察的流行病。因此，我格外关注一个诗人的现代性意识，即他在什么程度上自觉地抵抗古典诗意的拉拢腐蚀，并主动与其拉开距离，在多大程度上有意识地增加现代性的权重以提高其识别度。换句话说，一个现代诗人的现代性，往往表现在他抵抗、挣脱陶谢王孟的力度。之所以没把李杜放进来，是由于从经验的角度来看，现代诗人中，特别是好以山水田园故乡自然为题材的现代诗人中，被陶谢王孟俘获者居多，而受李杜蛊惑者并不常见。现代诗这种穿越式的俘获，不仅是领地性的，而且是肉身性、灵魂性的占有和腐蚀，需要诗人的思想革命方能解放。二是兴寄问题。历史有时真是奇妙，旧问题同时也会成为新问题。唐初陈子昂在《与东方左史虬修竹篇序》曾感叹，观齐梁间诗，彩丽竞繁，而兴寄都绝。此番这本老舍文学院诗人诗选也触发我思考彩丽和兴寄问题。诗选有一种诗作就属于彩丽型，词藻华丽，铺陈繁复，叙述圆熟，一看就是练家子，但就是缺乏骨感，缺乏思想支撑。陈子昂特别不满意彩丽竞繁，想借用汉魏风骨来反对齐梁间的柔靡之风。继陈子昂之后，盛唐许多优秀诗人都以汉魏风骨作为自己的审美理想，如李白在《宣州谢朓楼饯别校书叔云》中说，"蓬莱文章建安骨，中间小谢又清发"，就崇尚建安风骨。当下新诗也如此，存在大量彩丽型诗歌，操练词语空转，读多了审美疲劳。在这本诗选中，反而是一些朴素的诗歌更有力地触动我，如王友河《飘动的空管干草或干草堆》"能够震撼心灵的美越来越少""一个人的内心有多悲悯他的世界就会溢出多少芬芳"等诗句，让我想起李白"弃我去者，昨日之日不可留""千金散尽还复来"这样直接发兴的诗句。我发现，不少打动人的诗歌，常常少铺垫，不装饰，不转弯抹角，只须喷薄而出。记得当代诗人育邦有一首诗《妓女》，其中有一句"于她而言，一切都是市场"，令我过目难忘。举这些古今的例子是想说，兴寄所包含的直抒胸臆，对于修辞过度的彩丽之病不失为一种矫正。三是诗歌广度的扩张，广阔经验的纳入和处理。自 20 世纪 80 年代的朦胧诗以来，新诗有一脉宣扬小我、私我、个我日益风行，躲进小楼，气象偏小，长于处理个人经验，一旦触及社会历史经验便捉襟见肘。实际上，对于一个有抱负的诗人而言，以诗歌的方式而非标语口号或者新闻报道的方式，从个人写作切换到社会历史的写作，是个重大考验。比如写这次疫情，该怎样处理？是只写自己，还是要写武汉？只写那些死去的人，还是要写救死扶伤的医生？如何处理光明与阴暗的关系？有关方方日记的争论至少表明，当我们试图处理公众关心的问题时，便会发现把握分寸的巨大难度，远非个人写父母、爱人、儿女、师友时那种无拘无束和随心所欲，因为读者不是傻子，他们同样关心你的话题，同样有所思考，有所感触，你的表达能否表达众人所想，能否处理好复杂的社会关系，能否把握一个恰当的分寸，绝非易事。特别是写社会大事件，便会发现有种种陌生，种种浮浅，种种片面。大事件对诗歌的要求更高，写作难度也更大，绝非私人写作、个人写作那么简单。唯其如此，这样的诗歌才更有价值，更值得尝试。

限于学识，聊发浅见，谨与学院诸位诗人及诗界众友共勉。

师力斌

2020 年 5 月 28 日于通州

目录 |

楚红城

寒竹

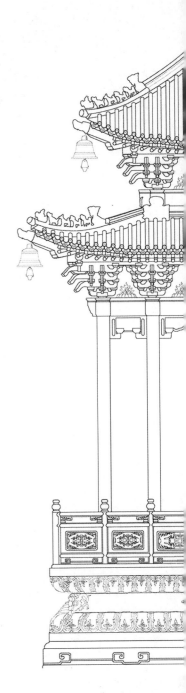

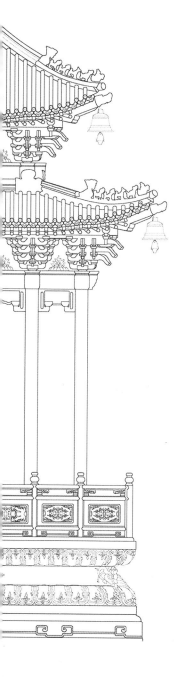

布非步

伽蓝

高丽敏

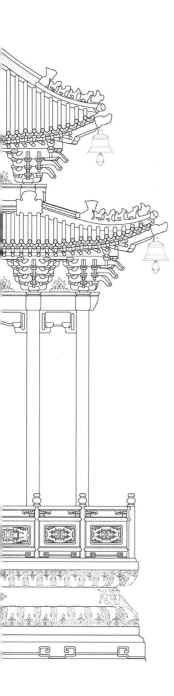

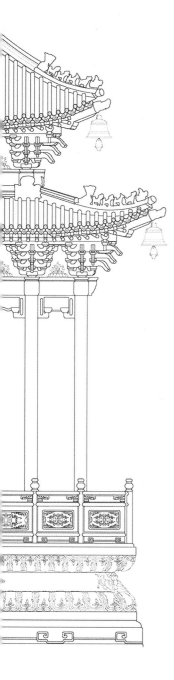

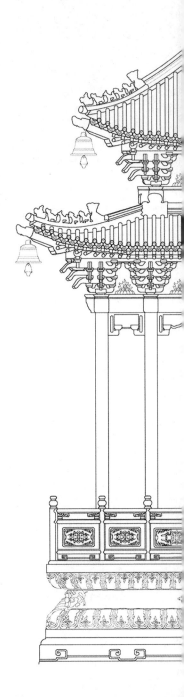

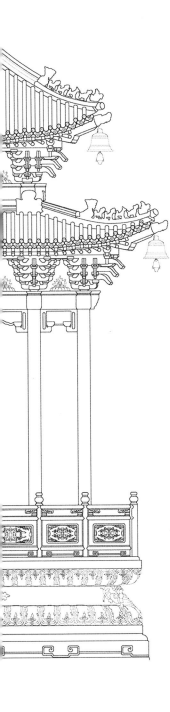

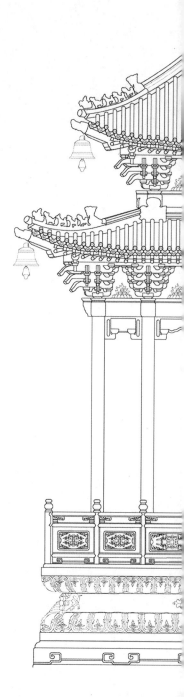

李睦 |

作者简介：

李睦，笔名敬和，劳动午报社期刊编辑部主任，

兼任北京市职工文学艺术促进会副会长。

北京市民间文艺家协会会员、西城区作协会员，

北京老舍文学院第二届中青年作家高研班学员。

入选首都优秀中青年文艺人才库。

隔离服上的名字

醒来

在冰冷的病床前

他想与她的名字

炽热地相拥

那是未眠人的雀跃

和感恩

许多的名字

自己的

爱人的

儿女的

战友的

……

每天守护在

她隔离服的固定位置

重生、重圆、重返战场

她说和家人

约好了

要共进退

想着她

隔离怯懦

与家人的名字做片刻笔谈

想着她

咽下自我

任凭该有的泪与伤

在面罩内的一弯朦胧里流淌

想着她

举火逆行

穿过黑暗之墙

烧掉被窒息感染的名单

将浴火的名字一一带回

他感到

有种灼烧

人们经历不幸

不幸也

教会人们如何

体面地忘记

直到再次

见证博弈后

机器维持的呼吸

默读隔离后

千篇一律的表情

人们本应

与家人在一起

在这个纷然的季节

注：新冠肺炎"战疫"的最前线，由于穿着隔离服，医护人员难以辨认彼此的容颜，他们需要在隔离服上写字来传递信息，隔离服上的名字，也成了一道风景线。让无数国人隔着手机电脑屏幕、隔着医护人员厚厚的隔离服，依然能够感受到让人热泪盈眶的勇气、煎熬与不屈。

零号病人诊断书

姓名：迷失的救赎

性别：它报复的他或她

年龄：72.6 岁

籍贯：充满诱人的反转

既往史：无人关心的胎记

申请科室：谎言、歧视、阴谋

医师：摆渡人

诊断：死亡的昧密、紊乱的潮汐、倒灌的海水

建议：我们是同海之浪，同树之叶，同园之花。

注：
1. 联合国《2019 年世界人口展望》报告中，2019 年全球人口出生时平均预期寿命为 72.6 岁。
2. 诗的末句引自罗马哲学家塞内加的名言："我们是同海之浪，同树之叶，同园之花。"

云之上
——登湖北天台山有感

希冀汇聚成云

徘徊在千年古寺的每个角落

点化成仙石前

一块块等待着匠人们的打磨

纯洁得以往生

多走一步便要跌落悬崖

更多来不及被切开的

被风裹挟着成为远边群山的浮云

雨把听到的倾诉告诉杜鹃

杜鹃花笑得涨红了脸

路人打着伞，只顾记住了笑

身是我所有，不是我，

衣是我所有，不是我，

云之上，谁是我？

早春登红螺山

把门人的影子把欢乐撕去一角

游人们的虔诚惊扰银杏千年的梦

红螺山不发一语

静静等待着后来者们的抉择

我知道山上总有岔路

一条自己选，一条必须选

前方同伴的呼喊，碾碎了我的小心思

路似乎只有一条

观音路的夕阳很暖

就像菩萨的目光扫过那些挤在一起的心愿

有的人注定只能陪你走过一段

此刻，我们又听到钟磬的召唤

有一个感受是相同的

这条路我们还会继续走下去

心路

92 年前的血与火之歌

震碎未醒的梦

年纪轻轻干大事

年纪轻轻丢性命的时代

每一个年轻灵魂的涅槃

都让人不忍直视

那些诞生在同一块土地上的

光明果与恶之花

死亡、痛苦、主义、利益

黑暗总能让行尸走肉早早腐烂

简朴、诚实、勇敢、坚毅

凭信仰战斗的人，自有双重的武装

从黄安到红安

14万青年的热血将这片红土地

凝结的成团成块

杜鹃花种子终于漫山扎根

红安是一面镜

映出一段心路

将军县长胜街延绵处

英雄树下，倒水河无言

车站

清晨，城市的
齿轮在吱呀旋转
睡眼惺忪的螺丝钉们挤在一起
紧张等待着被各色车厢交换

眼中，总有太多
无法处之绰然的彼岸
掉地上，别捡了
车轮驶过，一地破碎的梦的感叹

谁说城市是人类最美好的希望
孤独藏在喧嚣与平静背后
绝望的不羁总归于按部就班

从起点到终点
我似乎还未忘记最初的想念
别了，儿时的六里桥南

牛铃有声

铁牛机器轰鸣
环伺山谷中最后的处女地
老黄牛昂着头
　听风转动牛铃

青丝白发，倔强了几十个春秋
岁月的鞭子让它不再感到疼痛
越加越重的不止是日子的犁
岁月静好，牛铃悠悠

眼见春来暑往
背上的孩子们到他乡远走
眼见汗水换成秋藏
却不愿戳破世间冰冷的丑

牛铃，悠悠
蓦地想起
我的老母亲属牛

香客

燃着的香，举过头顶
好像递上的杯杯苦酒
庙前被喧嚣打磨如冰的石阶
再也经不起层层叠加的心愿
不过没关系，想上去的人们总有办法

两元钱的自助钟声回响
眼睛总飘向没能拉到的手
红螺池旁的雄杨树，摇摇头
花序就冷冷击中一颗颗躁动的心
可惜没人喜欢被打扰，猛地一甩
花序毛毛虫一样，挣扎着蠕动几步
直到被踩烂

说出来就不灵了
大殿前美丽的唇，咬住秘密
是的，日复一日的告解
是良心的痛苦
痛悔、告明、赦罪

人们更习惯跪拜后的释然

天边，飞机不期而至
俯冲后留下一道疤

搭积木

我是家里的工程师
喧闹的世界就装在我心里
我用红色造一架接妈妈下班的飞机
我用黄色留住面包店里甜甜的空气
白色的新房，用来堆爷爷奶奶家的玩具
我还想为楼上的姐姐搭一个粉色的滑梯
大功告成，凝视我的工地
却看到远方一片陌生的废墟
爸爸，搭不好没关系
让妈妈来帮你

午后访葫芦村

摆脱了山的阴郁

稻草人已酣然小憩

村口饥饿的幽灵踮着脚

焦躁地寻找可能的神祇

城里的车

满载着春天呼啸远离

缺失的心

被架上葫芦推搡蹂躏

藤蔓绵延

听说是为了走得更远

可这一头还牵挂着家的点滴

结籽人间

任匠人烟火云泥

根的脉络已成句点后的追忆

赵昕

作者简介：

赵昕，北京作协会员，

中华志愿者协会科普环保委员会科普作家，

北京老舍文学院第二届中青年作家高研班学员。作家、编剧、词作人。

作品被翻译成英语、韩语、日语。

已出版长篇小说《留那一片麦田与你守望》《柏油路上的纸飞机》等。

梦中的

踩着梦中的涛声

大河岸边

遗留的倾听

捣进湛蓝的风铃

夜，妥协在太阳的藏身之处

两颗流星

是黑暗里飘浮的光明

梦中的河

卷出阵阵嘶鸣

失踪的鱼群

凭着歌声的倒影

游向归程

风，在海面喃喃细语

它们说

梦的遗骸

美丽倾城

三月的风景

被暖风过滤的故事
留下了三月的风景
路旁来来往往的眼神
染红了满树的青苹

那时
不知不觉去追赶白色的云
跟着太阳投射的影子
等待大地涌出芳草青青

爬过的大山
在风中诞生出果园
咬一口草莓
思念因汁液蔓延

清冷的背叛让世界躁动
人们逃向干瘪的山谷
坠落在无视记忆的苔藓上
口吐出自由的松鼠

有没有终归

有没有一朵玫瑰
能开出蜜蜂与蝴蝶的出嫁

有没有一盏泛黄的煤油灯
能熄灭飞蛾扑火前的忠诚

有没有一秒钟含蓄的黎明
能洒遍希望的永恒

有没有一面魔镜
能保存所有人事物的年轻

蜜蜂找到一朵淡粉的玫瑰
却看见两只蝴蝶在花丛间比翼双飞
他拔下自己的毒针
躺在花蕊上
让灵魂的矛去追这辈子都无法奈何的
"坚不可摧"

飞蛾在烛光前流浪

将翅膀的粉末

落在烛心的冰冷王国

她想

把飞翔印给灯火

作黛眉

希望以为天亮了

就可以填埋黄昏

花前的徘徊

可碾落成泥只为等太阳落下的憔悴

可以物是人非

也可以人是物非

终归，世界上唯一的魔镜

已打碎

终归那灵魂的矛

对着的是一对恩爱的盾

终归火烛无情

注定是蛾刚毅的冒险

终归黎明做再多的挣扎
永恒，也无家

到底有没有
终归……

我们的麦田

夕阳散去的麦田上
翻滚着余下的蓝天
守望者钻出
复活了逝去的祖先

从海洋里长出的风
卷着鱼的碎片
清晰着渐渐苏醒的容颜

麦浪以 S 形疯狂推进

无数的守望者有了无数的伙伴

散落的孤独

使漫天的鱼鳞开始寻找熟悉的五官

自由的土地上

疯长着我们的麦田

夜

被炭涂黑的窗外

城市并没有困意

昼行的动物

迎接着沉睡的到来

我望了千万次的灯火通明

正仰头看着睡着的星星

这个世界

人类更喜欢夜行

与那些从生存本位出发的精灵

在漆黑的摩擦中

悄悄平行

熄灭的灯

是停留在月亮脚下的宁静

满目漆黑的旁白

像饱满的乳房撞击了我的发呆

星星睡醒

回忆湿了黑夜的眼睛

蔷薇的安宁

这个世界

古老的预言

谁都无法讲完整

就像

在天尽头的起点

有人听见了风铃的歌声

无论是百合还是蔷薇
都无法丧失悲壮的凋零
皑白的死亡与赤红的降生
窥视着晨起的每一个生命

天，在还是瓦蓝的时候
早已把怀中娇柔的云追忆成五彩的冰
我，在还是少年的时候
就已走进莲花的宁静
昨天跟随落日的沉沦
一遍遍为时间送行

那些流浪的人啊
看着远方的青草坡
还在等待某一趟列车的长鸣

空中的彩虹
以及年少时莲花般的梦

让提着行李的男人

在令人窒息的车厢里寻找

一秒钟蔷薇的安宁

眼泪的延续

泪水沿着太阳的光线

滑过从黑夜爬出的脸

黎明

升起了沉甸甸的思念

光，跳跃着节拍

弹起水状的球体

润湿的光明

推开苦涩的大地

逃往荒野的狼

踩着脚下的孤独

为了同样的等待

在泪水蔓延前止步
它咬断最后一丝力气
甩掉满身的哀嚎卧地成泥

空中
白云撑起整个蓝天
守卫着太平洋倾倒出的泪水
在乌云索取霸道的瞬间
变野马来搏击

所有的思念老去
只有眼泪在泥土中延续
延续在狼融化的骸骨里

爱之中

爱着
是从人来人往中挑出的肋骨
是在异邦寻找同一种颜色的瞳孔

是熙熙攘攘中最宁静的幸福

爱着

是镜子里双双不变的心照不宣

是瞬间简单的追随

是阳光下的一对孪生姐妹

爱着

是站在沙滩上等待海啸的冒险

是深深写上诺言

再让上岸的贝壳偷偷卷走

海风里泪水的留恋

爱着

提炼了不爱之前天使的预言

沉默着心裂开再融化的传说

然后

变成蝴蝶飞在花丛间

庙

庙是佛的家
大殿的门锁上
香火里数我们的愿望

叩拜
把过错五体投地
救赎匆匆孤独的人

庙 漆黑的夜有山为靠
听天地之声
接纳着有求 百善必应
那里花开 那里佛国
三盏 五盏 七盏莲花灯

惊蛰

我问百度惊蛰是什么
才知道这天万虫苏醒了

我忽然想起
放到屋外的那只衣鱼

我问了三个人衣鱼会冷吗
他们说头顶有太阳呢
我不再怀疑
给了衣鱼更自由的呼吸

可我今天紧张了
百度说
春耕耕着千里洁净的土地

我想古代多好啊
成全庄稼也成全万虫
只要一颗梨

天台寺

当年在寺里写过很多诗
很多年后的寺外站着我们

见到天台寺

望穿千年

这样的山不敢怠慢

脚印里有佛知道的往事

我在风中说想找那条路

那条路正在脚下

不再反复 不再错过 不再迷失

山路上的每一个黑字都写在黄色的木板上

笔笔让云感动

我想 仙此刻在人间

楚红城 |

作者简介：

楚红城，北京老舍文学院第二届中青年作家高研班学员，
作品散见于《诗刊》《北京晚报》《中国广播电视报》《星星诗刊》
等刊物。曾获得第五届中国诗歌春晚全国十佳诗人奖。

一则日记

识别脸和嘴巴。快乐的
不快乐的表情
正由一面镜子还原
我找不到我

争取在七秒以内，构思出乞丐的模样
以快过鱼的遗忘速度
抄写在脸上

剧情。悲喜。重复，镜子说
肥皂没有抹在脸上
滑进水池。我灵魂深处的污点
愈来愈醒目

和乱草乱木一起狂长
灯影安静了些
没有从九十年代走出来
至少半个钟头

放掉洗手池的水，它们消失的速度
和世界移出镜子的速度
几乎相同

芦庄的桃树，总有一瞬间的伤感

落日的红来自我的心脏，从我的喉咙里咳出来
山巅、房顶、墙头
以至干涸的河沟，桃树的枝头
到处都是

只有眼前这只花喜鹊，目不改色
抓住桃枝，睁大圆溜溜的眼睛
盯着我，"喳喳"叫了两声
桃红薄了一分

为了能和它认真交谈
我放弃了蹩脚的普通话
并把语速放得更慢

花喜鹊挺了挺身，振翅飞去
多么希望它，栖身老家门前
叫醒那一树桃红

元宵节前的一个夜晚

盯着西打磨厂街 212 号的眼睛，有火在燃烧
一群乌鸦在枯枝上打坐
从故乡赶回来的月亮
挂在檐头

多少年前的事儿了
仿佛泪光。一个词接一个词溢出来

扶着一堵解放初的墙坐下来，擦拭沾满灰尘的眼镜
确信这些灰尘是最近三十年以来的产物
正如少数人和多数人的思考不同
我找不到摆脱底层人的处境的途径

包括我的出生和信仰

不得不承认

每个人的身后

都有一把高高的椅子

旅馆的出口

正有一阵风，把 1975 年叫醒

惊蛰

不是梦境。一声响雷，风来了

脚步声中　沙沙雨声

稍微大了一点

挎柳条篮子的人朝我走来

我犯了伤寒，敲不出像样的文字

钟磬山庄　抚摸到的

和不能抚摸到的

一起从喉咙咳出来，一枝带血的桃花

在手机的屏上 尽可能把

每一根虫子的蠕动

每一棵植物的抽芽

每一声黄鹂的鸣叫捕捉

白天和黑夜是相同的

我假装不听雨声

假装找不到

挎柳条篮子的人

遗爱湖

它们都是时间的潮水，和风露亭

的孤独

一起涌来

黄昏爬满蛙声，在芭蕉叶的新绿间

终于想起褪色的诗句

想起退到微雨的等候

嗯，现在

动词持续倒退，我还是选择失去

并以梦的长度

丈量跟他的距离

许多年以后。我一边放牧我

一边躲进触屏搜索旧事

搜索遗爱湖边，一位旅人

关于孤独的想象

等我的红安母亲

和黄麻起义交谈，为我怯懦的痛苦

为我丑陋的灵魂

面对一张又一张英武的面孔

不安，惶恐，羞愧……

1927 年在暮春穿梭，王鉴，曹学楷，戴克敏他们

每个人都和我面对面

我不得不戴上虚假的面具
融入星火燎原的枪声中

至少，有几个语气词是干净的
这一刻，它们和锤子、镰刀、五角星站在一起
安慰我半生的碌碌无为

我流泪，不是烈士们的璀璨光辉
而是一位伟大的母亲
捧起军帽的守望中
迎接回来一个不争气的儿子

在天台山

读暮春的雨，天台山的轮廓渐次清晰
一只鸟似乎想起来什么
把数声清脆递过来

行走在啼声中，我听懂了草木的言语

甚至怀疑是不是人间

也为岚气深处的石阶

担心起来

坐忘台待久了，告天炉，宾阳壁

卧龙洞是要抗议的

要怪，就怪这些飘忽不定的

想法

几番起身，又不能自已

和诗意相关的事物，比如这构筑精致的天台寺

若隐若现

人世间，任何事物都发生变化

穿绿色军装的树木也融于其中

在光阴有形的、无形的关合间

山如此

我如此

此刻

黑夜剥离出莲子，塘水的波纹，树影的波纹
游弋间，水鸟报以低声
我理解的死亡跟看到的无关

于楼梯口攒拥，碎裂的温度
责怪口吻，写诗的男子，从不押韵的茧
拽出一根十年前的蚕丝

之后，抽搐的手搁在桌沿
没有苏醒的人，暮年，句号
花和叶交会处，张贴告示

不过是爱上告别而已。我和其他活着的个体
并没有不同
转发和孤独相似的情节

滞留的光，正一朵一朵瞄到我
四方四正的天井，花叶重叠
漆黑中有一个人提着莲花灯散步，又好像没有

离天空最近的地方，珠穆朗玛峰要说

我是离天空最近的地方。伸长手臂
就能触摸到白云
但是，我要说一个名叫马洛里的英国人
这是一具能撑得起登顶门面的尸体

我还要说大便
塑料瓶
食品袋
绳子
我还要说丢弃的帐篷
各种类型的包装盒

不论是来自中国的，日本的
欧美的
冠以登顶、征服的美名
前赴后继死去的尸体

最后
我要说，如上所述的一切

如果你们这样定义征服

我甘愿倒一会儿

让你们摸我冰冷的头颅

永定河

弹动借喻之拂晓，手法宜拙

卢沟桥横亘于时光之膝

亲爱的，一定要把永定河的流淌

以中指勾弦，颤儿颤儿地

颤入旅人的心脏

一定要抚旧音，拱极城，角楼

一定期待久违的风景

不信你看

那些芦苇，摇晃嫩绿的身子

水鸟，一声接一声引鸣澄清的水色

亲爱的，大拇指与食指的推力

正好是一根弦的绝妙之处

命运之重，系于弦上

如我与晓月，晓月与城楼，城楼与弹痕

世上，像我这样的人，愈来愈多

认识河流的消失与否

对任何真理抱以漠不关心。亦如一条河，从无定到永定

经历枯涸

注明采集地点后，成为命运的标本

寒竹

作者简介：

寒竹，本名王胜秋。

北京老舍文学院第二届中青年作家高研班学员，

九一诗群成员，石景山区作家协会会员。

诗作散见于《翠微文艺》《北京青年报》《劳动午报》

《海淀文艺》《昌平文艺》《稻香湖》等刊物。

父亲的死亡证明

纸这么轻，却压碎了风
隐藏于文字中的细针
刺伤了我

整整一天，一直醒着的伤口
被往事的虫子撕咬
越过了疼痛的临界点

按照乡俗
经幡之弧上悬着灼热的泪
火盆里别离的纸钱
以最冷的风雕刻车马
拂动腊月的寒烟

捧着一绾黑纱哭泣
要割掉瘦月的痛感
要失去光明的字
端坐在宽大的衣袍里
不去记恨时光

几朵白花点缀的底色，浸染了

剪辑过的老故事

让这一天被伤过的心

只能在余生的梦里

蜷缩而眠

冬夜记

凛冬将至

雾霾乘着夜色

抢占了所有的空地

在这样的夜晚

荒草白了头

风割去了最后一点温情

吹出一树的寂寞

伏在枝杈上的微光

长出芒刺，用最尖锐的一根，刺破泪珠

半辈子的梦

总是在夜晚

疼得更深一些

影子轻轻一碰，就碎了

总有春天让人感动

这个节令

以古老的口吻

从土地里喊出一草一木

阳光在空中抖动着

将风的微笑

涂抹在玉兰花树上

那些洁白的花

习惯了在往昔的寒冬中

隐藏自己的过去

春天只说出

几句好话

就感动得掏心掏肺

爱故里，爱我最初站立的地方

春风吹着

一丛丛细嫩的小草

忆想着故园，满怀感恩

向着土地鞠躬

敞开翠绿的梦境

花朵动情了

看天空下流动的芳香

裹着清新落向岸边的蒿丛

一滴滴露珠

折射出太阳的祝福

在莲石湖的绿地花丛驻足

要褪下残冬的外壳

我们与湖泊、花草一样

被脚下的土地宠着

而我希望，写诗

沉静如止水

爱故里，爱我最初站立的地方

夜游芦庄

初春，微寒，凌晨一点

村口的牌楼

在敞开的寂静里

拢合着明与暗

我是芦庄的过客

风轻轻走着，我也走着

一盏白炽街灯，引着我的影子

从后面跑到前面

月光，悄悄落在屋顶上
守护乡野的梦
一堵青石墙静静地沉思
身上的葫芦，像一块胎记

芦庄，一个虔诚的信徒
在红螺寺的山门前
跪了几百年

母亲

自从父亲辞世以后
家里的夜更空了
许多时候，母亲坐在沙发上
翻着发黄的影集
看照片里的光阴流过

西山的风，吹得骨节日渐松散
那些早已远遁的记忆

与儿女们的身影，错落交合

心头最温暖的盼望

同阳光一起变老

让春天盛开在孩子们的心里

时光定格，我们用成长

蚕食着母亲的青春

即使日日陪伴

我仍然感到，自己是个罪人

需焚香净心，擎一盏灯

用一生朝拜

参观黄麻起义纪念园有感

追随着阳光的脚步

我到的时候

春天抢先了一步

在烈士牺牲的地方

那支锈迹斑驳的土枪

摆放在玻璃柜中

周围的气场，弥散成文

书写的红色信仰

没有风声，可以穿透

它不畏惧现在的孤独

它看到一个身着黑衣的中年男子

站在柜前细细端详

他和他身边的一群人

在四月里，被春天爱着，不必表白

早春登山

红螺寺的山门

在红螺山最低处

我，在更低处

进入庙门

最先迎接的

是风，弹动青竹管弦

佛意的叹音

山路陡峭、蜿蜒

周围的林树，泛起一阵鸟鸣

拾径而上，整个怀柔

跟在后面

每登高一步

风景，就多了一分

秋意扎

木芙蓉凋谢时

秋天越来越瘦

直到门前的梧桐，露出肋骨

那棵淡青色的竹子

始终站在荒草萋萋的庭院一角

忧郁地咀嚼着月光

面对搬迁的节气

遗弃了露珠

一点点向前，捡拾着星光

离开的时候

风，行囊很轻

空笔芯

梦醒后

笔沉默了

装着空虚，与黑暗对望

许多词偷偷藏好，不再尖叫

刘艳茹 |

作者简介：

刘艳茹，北京市教师作家协会会员，
北京老舍文学院第二届中青年作家高研班学员。
文章散见于《四川文学》《新阅读》《作家报》
《北京纪事》《现代教育报》《散文诗》等刊物。
2017 年，出版作品集《遇见旧时光》。

儿童诗四首

杨树上的眼睛

杨树　长着很多眼睛

都睁得大大的

低处的　看蚂蚁搬家

高处的　看喜鹊筑窝

谋杀

校园里　　三条年轻的生命

一下子都被砍杀

她们是一条藤上的亲姐妹——喇叭花

我查了她们的学名

叫田旋花

据说　这谋杀名正言顺

理由是　清理草坪

喜鹊搭窝

校园的一角
长着　三棵法国梧桐
一棵驼背弯腰，像耄耋老人
一棵有些花心，隔着一条街道
和对面的一棵国槐勾肩搭背
一棵枝干挺拔
树冠圆润如一把绿伞
两只喜鹊　把窝搭在了
最好看的这棵树上

植物老师

冬伯伯代课当植物老师
让孩子们认花
枯枝
枯枝
还是枯枝
孩子们交了白卷
冬伯伯冷着脸。

春姑娘回来上课了

她用彩笔装点了枯枝

孩子们走进校园

黄的花 迎春

粉的花 碧桃

白的花 玉兰

一阵浓香扑过来

孩子们看到紫色的小花

大声喊着：丁香

一年级小学生

>>> 1

像聒噪的小鸟

像煮沸的水花

汇集到一起

世界要炸了

一朵小红花

威力无比

瞬间平息

一根针掉到地上

听到"砰"的一声

>>> 2

有什么事需要背着阳光？

告状

也不用藏着掖着

老师就是裁判

你拿了我的橡皮

你弄脏了我的手工作业

……

刚刚还对峙着

像两国互不相让的士兵

扭过头就手拉起手

一起说着昨晚看的动画世界

>>> 3

稍息，立正

口令洪亮

面前站着一排队伍

小布偶、芭比娃娃、霸王龙、大憨熊、汤姆猫……

老师问："谁想当体育队长？"

齐刷刷一片小手摇晃

"我想！"

"我想！"

二十九个学生

二十九只小手

二十九个声音

从不掩饰想当体育队长的念头

想当

就大声喊出来

>>> 4

相信童话里的小菊花真的和小雨滴是朋友

相信圣诞老爷爷

在每一个圣诞夜前发愁 房顶上

没有烟囱

>>> 5

不能嘲笑

这迥异于成人世界的语言 思想

从戴着面具的丛林 蹲下身
在一双眼睛里看到
我也曾清澈过

关于爱情

防盗门开了小小一条缝，
有时我会假装看不见。

食物的味道像长了脚的猫，
一只一只跳出来，
那是今晚的菜单，
也是减肥的梦魇。

他可能早就藏在了门的后面，
我憋住笑一声不吭，
他没有控制住，将一条缝
打开成一个家。
他把我的双肩背接过来，

又接过我的外衣，

说："你今天看起来很疲惫。"

我能想象他在八楼的阳台上怎样看我，

那里，摆着两把藤椅，一直面对面。

他让我洗手，然后跟过来说我有洁癖，

他有很多的小把戏早就在书桌上等着我，

夏天是一碗剥好的青皮核桃，

冬天是一碗剥好的糖炒栗子，

当然，还有草莓，有樱桃，有吐鲁番的白杏，有新疆的

香梨……

他记住我所有的食欲，

一年四季，

对着不同的月令，

他摆好菜，盛好饭，

有时还给我倒上一杯酒，

他说：筷子不能插在碗上

他说：鱼的刺不是这么择

他说：饭粒不要总掉地上……

好吧，我允许他唠叨，

我知道，

他很寂寞，

也很爱我。

紫藤寄松

紫藤花在五月有了心事，

松站成伟岸，向上，向上，

原来，青梅竹马

只是唐诗里的一厢情愿。

凌空跋涉，

经年累月，

藤，温柔如女，

在该有的高度上与爱情相遇。

三圣殿前香火不断，

一侧，紫藤寄松，

演绎出一段八百年的爱情。

注：怀柔红螺寺内有一绝景，名"紫藤寄松"。一棵平顶松和
两棵紫藤，藤缠松，松擎藤，和睦相处有 800 多年，被称为"红
螺寺三绝景"之一。

母亲的生日

二姐用第一个月工资
买了红酒和蛋糕
红酒红得惊艳
奶油白皙香醇

母亲，一声不吭
背上背筐，去了村头的自留地。
母亲掰回一筐嫩玉米
还有 一把豆角 五个青愣的西红柿
两条大肚黄瓜。

那一晚，我们悄无声息地喝了红酒

分吃了蛋糕

新玉米的清香 蚀入骨髓

一生 挥之不去。

暮色苍茫里

一挂打了一半的帘子

在一棵夹竹桃下

呼唤母亲。

刘雅阁

作者简介：

刘雅阁，北京人，北京老舍文学院第二届中青年作家高研班学员，
著有《自驾万里征北极》。
曾获中国青年诗人奖、世界华语童谣童诗大赛二等奖、
张家界国际诗歌节诗歌大赛二等奖、
中华瑰宝杯全国诗词散文大赛三等奖、人人文学最佳女诗人奖。

山居

我们就住在
山腰的一朵云里
而邻居
是另一朵云

我为你画像

你的头发，一匹激越的瀑布

你的额头，巍峨的黎明

你的眉宇，一枚闪亮的 @ 符号

你的眉毛，五维空间的量子纠缠

你的眼睛，存了三千秋水的深井

你的睫毛，夜晚结出的白天的盐

你的鼻子，古老思想的矿脉

你的嘴唇，他乡相遇的故知

你的两颊，一颊是桃花，另一颊也是桃花

你的颈部，宫殿的立柱

你的胸膛，荒野出土的石碑

你的胳膊，大河的两岸

你的手掌，沧桑岁月的沟壑

你的腰身，飞鸟撑起的风帆

你的双腿，时速 350 公里高铁的轨道

你的膝盖，佛陀的微笑

你的双脚，行走夜空的焰火

你的鞋子，宇宙的孤儿，流浪地球

画着画着，你就有了我的模样

玻璃栈道

张家界的玻璃栈道

由鬼谷子的意念和天门山的猿声架起

那种高度

在形而上之上，也在形而下之下

与天地通灵，与飞鸟比翼

路的尽头，潜藏着
你自身无限的能量和张家界亿万年的
神秘

徒手攀岩者

孤身绝崖
垂直极限

徒手攀岩者，命悬一线
一只鸟的振翅、一丝微叹
一个意念，甚至没有缘由的缘由
都可使他坠落悬崖
成一粒失声的尘埃

生或死
甚至爱情，及一切身内身外事
都不能阻止他
进入孤绝巅峰

在山下，他害羞、不善言辞
一事无成。但在峭壁上
他绝世英勇，让潜藏力量
确认使命

飞翔的伊卡洛斯
绝壁上怒放的生命
无保护攀岩者的幸福
只有云上绽放的野花最懂

断崖泳池

是谁在这断崖绝壁之巅
注入半池印度洋与半池太平洋
跃入池中，飞溅起千层浪花

我如惊涛中的一滴水
体内藏着一片汪洋
我如一尾鱼

有远古涛声的记忆

轻轻一划水
便在永恒之中
找到千万个蜕变的自己

戴珍珠耳环的少女

代尔夫特大雪纷飞
金色烛光照亮少女一脸娇媚
白云由几种颜色组成
珍珠在粉嫩的脖颈里闪着光辉

每一帧画面，都在油画里穿行
荷兰黄金时代的质感，如同触摸
这窸窣的锦缎，酒在杯中
闪耀光芒，且饮下这隐忍

无果的爱情，让至美与哀伤
融入精湛微妙的笔端
少女戴上珍珠耳环的一刻

她已成为艺术本身

当"沉睡的司芬克斯"再度醒来
在阿姆斯特丹国立美术馆
我的魂魄——瞬间被吸进
少女凝望的双眸，微启的红唇

电影情节及文字刹那灰飞云散
而我也化为一粒微尘
飞上画面，和维米尔的光
一起共振

渔猎鱼语

我是一尾相忘于江湖的鱼
面对那张越收越紧的网
只好将恐惧深埋进骨头里
在汹涌激流中东躲西藏

冰湖上人们正拜祭渔神
可我的神啊，你在哪里
祈祷！祈祷是一双无用之手
长长地伸出去，却无人理

苍鹰俯冲而下，羽翼
将所有喧嚣都盘旋了去
就在这时——
人潮凝滞，时间噤声

我被渔网拖出水面，抛上冰层
啊，我终于看到了梦中的天空
天那么蓝，冰雪那么晶莹
还有记忆里妈妈灿烂的笑容

看，我的鳞鳍被冰刀割破
淋淋鲜血已将白雪染红
我痛得大喊
但喊声被卡在喉咙深处
连自己也听不见

亲爱的，我看到你也在冰面上残喘
我多想靠近你，和你相濡以沫
但这极度的寒冷，顷刻
就把我们封冻

我们僵直的身体
被垒成高塔，被挂彩披红
被过秤、被交易、被塞进纸箱
装上卡车，最后

被端上人们的餐桌
啊！生与死
只隔着一道厚厚的冰，这
是我们的宿命

油锅中，我的眼里
仍盛着那么大的空白
我焦灼的头颅还会想起
你的温柔。我遍体的鳞甲
骨骼和梦开始一一解构

大似海，一片轮回之海
当远处的号角再度响起
一缕鱼香在虚无之中升起
我将会在下一季重生

红螺寺送子观音

寺钟，是一条上山的小路
春风动，她就动
每一尊菩萨都在玻璃柜中微笑

"送子观音，有求必应"
几百面火红的锦旗，猎猎如刀
将菩萨的灵验刻在山腰
每一面锦旗，都是可爱的宝宝
在春风里蹒跚嬉闹

允许生二胎了，她却错过了
最后的生育年龄。当她唯一的孩子

离世后，她几欲从这山崖纵身
跃下，了断暮年的残生——
没有人知道"失独者"炼狱般
锥心刺骨的痛

当我用一炷香向菩萨求子
她却默默离开
把阵阵鸟鸣读成
呼啸的山风

冰雪世界看冰雕

温柔无声的水，在今夜
全都"哗"的一下站了起来

在雕刀与冰雪亿万次的交锋中
时间被切割，空间被打磨
历史张着错愕的嘴，除了冷
再也分不清古与今、彼与此、梦与醒

古希腊神柱站成多米诺骨牌
唐朝大雁盘旋在罗马角斗场上空
穆罕默德与基督相遇
金字塔比邻长城

忽然，一座冰川沿着我的脊背
疾速下崩，在极寒中我骤然清醒
世界的最冷处不正是世界的最初处

哈一口气，将我结出的冰晶
也留在这里，一起参与到
冰雪大世界新秩序的诞生

遇见

你站在窗前
眼中闪烁一朵斜阳
金色光芒雕琢你的脸庞
你目光照亮的方向

飞鸟啼成漫天秋霜

你蓄势已久
终于在这一刻
以雪崩之姿，向我奔涌而来
而我举整座火山以迎

雪与火迸射八荒
激起千层巨浪
作别的时刻
你把每一扇窗口都站遍

至于长发
一匹激越奔涌的瀑布
在风中飞扬

布非步 |

作者简介：

布非步，本名布独伊，曾用名布尔乔亚。籍贯河南南阳。
北京老舍文学院第二届中青年作家高研班学员，
作品散见《诗刊》《星星》《诗歌月刊》等数十种诗歌选本。

斯卡布罗集市

出现在海边小镇

一直幻想这样的场景：

我们看望被装上车去赶集的

芫荽、鼠尾草、百里香

和野百合；

看望拜占庭的日常生活进入

另一种琐碎的日常生活

我们来来回回地走

穿过每一滴咸水和大海之间

给每一座教堂和荆棘重新命名

包括，中世纪黑死病里逃生的

矮子骑士与他心上的姑娘

穿过絮絮叨叨提前来到的更年期

夏日的玫瑰湮灭了波罗的海

神色迟疑的黄昏部分

像往常一样，我为你摘掉

头上正在结籽的胡椒，你轻轻握住我

农妇一样操劳一生的

粗粝的双手：

"亲爱的，我需要你

织一件亚麻衬衫，就像此刻

我需要收割芫荽、鼠尾草、

百里香和野百合……"

印度洋上

假如现在就是死的时候，它也是最幸福的时候。
因为我害怕我的灵魂此刻享有如此绝对的满足，
在未来的未知命运里将不再有像这样的安慰了。
——（《奥赛罗》第2幕第1场）

清晨来得特别早，异国的天空

是凉薄的蓝；是怯懦者眼睛里的空旷

寻鲸的路上，海豚一队队跟着我们

的船只舞娘一样舞蹈，这些艺术家

内心也总是有一种远离此地，独自

漂荡到海面上去的感觉

哦，我原谅一切，原谅

无处安放的悲伤与喜悦

原谅昨夜拍击到梦里的海浪声

和伦纳德·伍尔夫在 1909 年听到的

海浪声一样有着"深沉的阴郁";

我想象如何把你移植过来

成为鲸鱼背上翻飞着,追逐着的

浪花

而只有这些诗,这些无用之诗

涂在缥缈的海域,它们像誓言

祖母绿的时间中

游轮的吃水线一再下降

在印度洋,我需要与一滴水达成和解

——人世浩瀚,不如我在此处爱你

缄默

——给卡蜜儿·克洛岱尔

如果余下的仅仅是缄默

那么这不断被驯服的黑暗

"我将我所有粗暴的个性赋予他,

他将我的虚空给我交换。"

而僭越的边界在哪里？水仙的少女
我听见自己的心跳，躲避神谕
如同躲避维尔纳夫的月光
丝绸一般擦亮每一条街道，和

每一株夜游的行道树。
塞纳河已漫过意大利大街

一一三号就像从未存在过，
我的双腿，哦，我感觉不到
它们是我领导的一次起义
有人楔入我的生活
就有人知道：
所有熟稔的笑脸，将被逝水所伤。
亲爱的，小保罗。蒙德维尔盖的
花园是一座行走中的墓碑
　"每一朵花需要像竖琴一样
被雕刻的时光徐徐打开——"

秋日

——给蜜斯森碟

看过巴黎植物园的豹，你问我

玫瑰色的斗篷

佛罗伦萨的斗篷

是不是胜过一首

具有神学倾向的赞美诗？

夜幕下，我们的手指

滑过一颗又一颗孤寂的星星

就像怎么也无法握住

一个遥远的爱人

孱弱的爱人！而我们倾听过

他没有过的倾听——

所有文字的背后

唯有死亡，在卡皮托利丘的星空下

与马克·奥雷尔骑马式的石像

静静地对峙，正如某人所谓：

"已经逝去的却又变得栩栩如生。"

没有一首诗能够担保

修辞中爱情的完整性

或者需要一场暴力美学
来辨认死气沉沉的
忧郁的博物馆

失语的叶赛宁

他苍白的脸，映着红色手风琴的绝唱
在白银时代，像个独特而深刻的思想家

"与其说是一个人，倒不如说是世界
特意为了表达对一切生灵的爱和恻隐之心，
而创造出的一个器官。"

那时，他 19 岁，把故乡的白桦，木屋，原野，狗吠
等统统带入彼得格勒。
而叶赛宁情调，与那些秘密组织无关，譬如
歌舞伎譬如自由逃逸者

目睹被蹂躏的田野，异乡人喝下第三杯伏特加

他说：我要把这个恶趣味的世界的赞美诗
统统塞进欧罗巴的马桶！

而漫长的柔情毫无出路
俄罗斯啊，久病的饕餮之人
扯掉向日葵的头颅，掏出一个流氓的爱情。

念诗吧！念诗！

洛丽塔：譬喻，镜像及其他

羊水里的洛丽塔
超短裙裹住春光
却旋转不了道学的
有色眼镜
晦暗的语言挑逗戏剧生活
蜜桃在黑死病里陆续怀孕

噢，我爱汽车旅馆

噢，杀死镜子中的霍尔蒂！

如同救赎与被救赎

受到蛊惑的猎人

像瘾君子大量携带骆驼牌香烟

羞愧是一只五足动物

撕裂安娜贝尔褪色的布娃娃

修长的褐色手指梦游般越来越近

交欢的粉红水母在午夜失联

雌性动物的朋友

雄性动物的朋友

请用上颚抵住呼之欲出的名字

嘘——别提爱情！

——而你是我的谁

仿赞美诗

早晨六点钟，天空旷远深邃

消逝的年轮像芦庄邨贫瘠的土地

一只小牛犊倚着栅栏，能闻到湿润的干草和反刍的气息

再向内一点，它就会失去光明

它们的睡眠仿佛草原被包围——

而栾树如精致的高脚杯

提醒我们：丰收在世界的尽头

是善意的谎言

想返回一粒麦子真实的内心

唯独这民主的牛，与我们有关联

不管在所有的脸中，

它们认为自己是谁

弹奏竖琴的人，影子也极力

想缝进他们的身体

——他们对自己已无话可说

伽蓝 |

作者简介：

伽蓝，本名刘成奇，70后，北京市门头沟人，获诗东西青年诗人奖，中国诗歌学会会员、北京作协会员。北京老舍文学院第二届中青年作家高研班学员。2004年起开始诗歌创作，作品发表于多家刊物，入选《中国诗歌精选》等选本，著有诗集《半夏之光》。

星空盖顶

发光的院子熄灭以后

你仍然不能看见

仿佛天空并不存在

只剩下黑暗

铸住深不可测的时间

必须容忍自己

也变得漆黑

让呼吸进入黑暗内部

承载消失的身体

天地这样辽阔

从来都是一人来到

现场的黑暗发掘

然后，繁星

闪烁，一条大河翻卷

亿万颗孤独的星体

你感觉自己又矮了

三分之一，而所有一切

将在这一刻填补你

失去的部分

在红螺寺该谈论什么

雌雄同体的银杏撑住的天气是旧的
蟒蛇与木藤同眠
一百零八级台阶被踩在脚下
不知不觉中，登上了山梁

人的影子与佛像一样
也是旧的。小路像电线接通沉默
三月的风碰醒了自己的愈合
正走入一道宽大的裂隙

人，渐渐向高处。玉竹，落叶松
端坐的佛堂屋脊
都流向了低处
像一场挡不住的泥石流

这时候，我们该谈论什么？
全宇宙涌动，涌动
巨兽的蛮力
扭曲每一粒尘土

语言与时间并肩，黑暗的窗口
飞出蝴蝶。山脚，水池
与一对爷孙同看乌龟散步
用尽半生度过这里的半小时

落日

河流在远处怀着利刃要把
黄昏的光芒收割
之前平房
之前楼房
之前是汹涌着虚空的大道
站在山顶眺望
巨大的风车在旁边的山坡上
慢慢旋转
空气合唱出内心的电波
通向昏暗的角落
为什么拥有这样少
却感觉这样多

当光线减弱了瑰丽
我像矿山一样沉静
听凭真理的挖掘机闯入
空荡荡的胸怀

遇见

是艰难的。为此准备好所有的皮鞋
也不一定管用
所有的路，所有的船，也不一定管用
海水把陆地切割为
一座座小岛，我们都是上面的树
还没有学会行走
学会了也不一定管用
离开了自己的土地
个人史纤细的根系就会裸露在外面
再也不能思想
为每种命运找到具体的身体
或去赞美心底的飞鸟

让结实的枝丫也能够安放

朴素的心跳。一片叶子做孤舟

摆渡蚂蚁的黑夜

一阵钟声，把梦境炼成青铜

拓印语言的纹理

血液也在呼应它的温暖

……然后，因为真实

我们，只抵达了自己的诗篇

红螺寺的植物

……开始，你就注意到柳树的枝条

含着金子

松树绿得安稳

丝柏也是，从地下喷涌火焰

槐树、椿树更深沉些

竹子连成的幽深弯成信仰的回廊

玉兰噙住群鸟

翅膀，就要打开天堂的四月

只有白杨高于它们，在夜晚

冰凉的指尖触到了七星

飞机在头顶轰鸣

一轮明月降低了三万里

来到身边。审美的房间这样安静

足以安置春风的肉身

登天台山

山门洞开，迎客松虬曲，水杉笔直

金达莱嫣红，如一场静静婚礼

语言必已纯属多余

陡峭凿出的石阶

踏实。身体升高

背部就要抽出嗡嗡作响的蝉翼

过了了尘岩，就是忘忧亭

穿过离垢门，就是天台寺

大雾也得大自在，飘来荡去
清谈人间草木深，信仰的飞檐
若现，若隐

此时务虚就会空无一物
此时安静，如露亦如电

坐忘岩下感怀

宇宙纷纷雨下。我在岩上
只站了三秒钟

天地仍是一张白纸，剪裁
四位洁白的庄子

化鲲，化鹏，化蝶
一位还是他自己

宇宙纷纷雪下，如我在岩上

光临一种境界

我是光，世界即是光
我是庄子，雨雪交集过悬崖

状元洞题记

洞中方一日，山下万历十七年
赶考的少年
向下登临人生的绝顶

洞中滴水含风的日子
蚊虫的叮咛
仍然在心上鼓励一种空旷

他已有最宽阔的肺腑
可容纳人世的双重悖论
他亦有心驰万物的一羽飞鸟

御风而行。万历十七年
只比万历十五年迟了两年
生活，必须不一样

世界，必须不一样
他在洞中的孤独与逍遥
必须与人间踯躅时不一样

注：明代万历十七年头名状元焦竑曾在此处读书，其时，董其昌为
二甲第一名。

高丽敏 |

作者简介：

高丽敏，中国作协会员，中国诗歌学会会员，北京作协会员，
北京老舍文学院第二届中青年作家高研班学员。
作品见于《北京文学》《诗歌风赏》《阳光文学》《时代文学》等报刊。
出版诗集《心灵丹青》《时间涟漪》。

之后

一场大雪裹挟
天地山峦无声
白色浪潮凝固时间

寒鸦如贝
歌声沉于体内
像珍珠被抱紧

宇宙安静
世界是一颗珠子
被抛出也被含住

窗外

大风过后，不会撒谎的叶子
遍地都是。
那些干净的树，站在原地

等待归巢的鸟

重新归来。
那灼热过、炫目过的都隐去
每一棵树
都是一个等待完成的家园

矮进秋阳的影子
藏于体内的涛声
都能听见各自心语

星子闪，天幕更近一些
全世界的鸟儿都飞进黄昏
有人开门

某一刻

打开眼帘关闭的门
攥住草的心跳

把湖水弯成一把钥匙

握在手心

收取仅有的草色和云朵。

挥动鞭子，赶动一条羊群的河流

夜色抱着草原

握住钥匙的人也是星光流浪的那个。

仅有一匹马是不够的

从古至今的草原孤独单纯地活着

陪伴走过它的异乡人

雪

雪，素服而来

六个花瓣盛开了夜

小寒铺陈堆叠。

用几何速度

和苍穹积蓄的力量

对世界洁白

知道会粉身碎骨，知道会有泥污

它还是再，它还是来

不约而至中来

心心念念中来

午夜，清晨

白白地给予我梦和一切

各种角度看不够

慢慢在手心里透明，消失

时间在晶莹中减速

抄袭——写给母亲七十寿诞

石头抄袭山

一块石头是微缩的山

河流抄袭海洋

一条河就是一次退潮的浪

树叶抄袭树

一片树叶是树放大的细胞

而这些远比不上我对你的抄袭

是词语对气质的模仿拿捏

是人生意象的巧取

直到貌合神聚

我抄袭你

是处心积虑酝酿十月的谋略

是血液中抽取血液

骨骼中生长骨骼

命生出命的承载延续

我不知悔意

你甘之若饴

谁看了都会确认

一辈子一次的抄袭趋于完美

砂砾皿

清汤寡水的面条像爹的日子

落下一截在饭桌上没了弹性

熬着天亮，又怕天黑

睡觉的时候少了

梦无处藏身

小子们回来得越来越少

他的那个也是一样

比沿河城的山还寡言

爹越来越不爱说

抽烟就咳嗽，还是抽

遥控器已经没有太多用处

电视打开后就不会换台

有街坊来串门

一般都得把天唠黑

门咣当一声

一半新长的寂寞

继续纠缠着爹

爹就爱看着一处沉默

像老君堂对面的戏台摆在那儿

戏早就不唱了

爹老了

与他同守的浑河瘦了很多

不说出来会好些

说出来浑河在夜里会哭

一件毛衣

打开衣橱

寻找一件手编的毛衣

暖灰色的毛衣曾经那么美好

如温暖缭绕的茶盏

晕染你的脸

打开一蓬芦苇

红色的外套已经是流动的血

它是被你爱点燃后的不顾一切

碎了一地的香氛

苇叶就是渡我们的船

打开两个身体

像两堆无关的土

遇到了一个叫作爱情的水

黏在一起的短暂和恒远

回到初始的寂寞无岸

回到一针一线

海水摇动天上的云

摇动一次邂逅

杀牛

一头牛折了腿成了残废

杀它省了很多力气

场院的泥坯地上，一大摊血蔓延

像土庙的芍药

到了后晌就变成土红色

牛皮搭在场院墙上爬满了苍蝇

肉，骨，脏器分成 35 份

被大小不一的荆条篮子装走

花椒，大料，葱姜

味蕾欢喜的这些东西喂饱它的尸块

炖煮熟了装入豆青色海碗

摆在各家的炕桌上

晚归的牛群路过场院，突然

长嚎低吼

声音冲天

牛流泪，大颗大颗的泪

哀伤的气味与屠宰的气味

在夜幕中

纠缠着牛肉的熟香

容器

鸟群向上

风的力量有时候迷失

天空是一个容器

旧有与新生自由活动

走在还未成荫的小路

泪眼和叹息都无用处

低头的样子碎于湖水

熟悉和陌生在岸上

小草绿着

春走失了一会儿

人间就多了孤儿

孤单有影子那么大

太阳升起的时候被温暖抹去

迎面走来的人摘下口罩

那一刻

春天再一次花开

史冰

作者简介：

史冰，北京老舍文学院第二届中青年作家高研班学员，

中国诗歌学会会员，房山区诗歌学会副会长。

诗歌、散文散见《北京文学》《绿风》《北京作家》《海外文摘》

《中国文化报》《京郊日报》《文艺报》等文学刊物、报纸副刊。

喊山（组诗）

梵音

钟磬山庄和芦村
在红螺寺的召唤中活
追春日河水，藏瑞云寺的梦
那来处，是永久的不舍

我从她的寒冬醒来
吸吮、咀嚼，她在我生命里弯腰
到匍匐。痴守慈爱宁静的信仰

黑暗、彷徨、喜悦、忧伤
只要听到她在山谷中的交响
我便拾起一个音符
在那贴心的肚兜里安放
收纳
随山溪流淌

带着她

听到梵音就拜一拜

喊山

山村的夜
老街比传说中瘆人
大嗓门的山梆子
壮着胆一点点把光亮喊出来

喊回一个婆娘，喊出一个娃
喊困一座山，喊醒一山花
喊得老屋的门板吱吱扭扭
直到没的可喊
只听见河水擦过石根
如山婆婆努弄着外翘的牙齿
咕噜噜的漱口声

老街静得连影子都站不住
山谷没了喊消沉着
花草树木在饥渴的干裂中
无精打采地等待

等山腰上再次传来喊娃儿的声音

那快速放下锄头

默契回应的婆娘的脚步

米——粒儿——

饭——熟——啦——

一道闪电喊来雨

喊活老街多少疼痛的故事

和那条再也忍不住

抽泣的河流

干草垛

有它就有一个场

一个能把人累得

笑着躺下去的土场

它收集的五颜六色

是灶上扬起的炊烟

披星戴月的喘息

和被拴在窗棂上

无人收听到的啼哭

那声音

比草垛堆的高——还高

嚼在口里，挎在臂上

扛在肩上，背在背上

它打出的那顶草帽

是把风霜雨雪沉淀成阳光

勾兑出的

一座金灿灿的晚霞

老宅

一张能让人专注到

从熟悉走向陌生

网罗着即将脱落的所有故事

而暴露在阳光下的

——斑驳的脸

静默无语

他定是熟悉这关注

甚至听到了他在不动声色中的

——狂喜或哭泣

尽管曾无关乎他的存在

在他并不殷实的肩脊上

放狂地奔跑

不顾及他的痛楚

尽管放大情绪掠夺他燃烧的炽热

用不安现状走出去的冲动

撕扯他的衣襟拍打他的心门

尽管贪婪地占有他的每一寸肌肤

以求蓄积走出去的力量

直到用仅存的气力

将两扇沉重的大门拨拴关紧

从此他接受苍老

同时他也享受从未有过的释然

不必为囤粮不满而愁锁

不必为地窖不严而忧虑

不必为纸窗崩漏而寒战

就这样，心甘情愿地在孤独中坚守

等待回家的人

他会站在属于他的最高处

在松动的瓦片之上

轻捋胡须

以成熟和高贵的姿态

听风。听风中熟悉的脚步

是的，回家要识途啊

老宅的亲

是用潜藏在眼底的泪湿心

老宅的亲

是用颤抖的双手开启宅门

是用柔软的痛

证明自己仍活着的勇气

——迎接回家的人

渠

渠的源头也是河的源头
渠已死。河渐干涸，缓慢低吟

南坡的谷子麦子都随了渠
还有高粱和玉米
镰刀，爪镰与耧犁也不再发声
与老屋的山墙一起瘫坐

开渠的人没了
光溜嬉水的山丫儿
连同她的乡恋远嫁
动身儿回来洗锄的汉子
如今，靠着渠边的大青石
双手在用力地捻着
捻，在堆满烟釉的烟袋锅里
拉秧的烟叶

沉默。水渠中的清流
那些麦秆站在谷场上的模样

那从高屋跌落下的
被麦垛接住命的起伏

能活过来吗
这渠。让身段苗条的麦呀谷的
再扎起堆
把满场的笑扬起来
扬飞开渠人背上的河流
把那丢在风中的目光
拽回来

喊不出的伤痛

寒风肆虐
几片残余在行进中盘旋
上下翻飞的撕痛
对空间而言如雪花击中掌心
发出的呻吟

抖动的瘦骨枝上
连一只乌鸦也不愿停留

隐约见到

那暴露在阳光或黑夜中

泛着最后一丝金光

撑着一幅向干枯的生命发起挑战的

柿子的洞孔

那洞孔还在向外滴着乳血

而乌鸦就在她的不远处

侧目

那种盘旋的力量

曾栖身在满树辉煌中的绿

也不知在何处悲伤

那滴落着乳血的洞孔啊

如一盘石磨的杠眼

正在碾写着她一生的斑驳

分明似母亲在即将干涸的河床上

从潜存的谷底中

喊出来的

点点泪痕

家门口儿的河

这条河
在家门口儿
与老屋的炊烟一起
消瘦着

大大小小的过河石
抚摸到的鞋子越来越少
山溪还在流
如母亲的那双眼
涸出的点点泪痕
让人忐忑

岁月的浮尘在这条河中
漂洗了一季又一季
清亮全部收揽在游子的心底

曾经最怕她落泪
因为泪一落
河就满

那属于游子能走的路

就迈不过

听说过想泪吗

是河的谷底在喊

回家的人啊

请把泪落在河里

躲进眼底的忧伤

一朵开在空中

一朵开在眉梢

眨眼间洋洋洒洒

湿润了昨天的绑架

让远去的忧虑

相逢在，从幕后向台前的绽放

出场没有理由

这种无声息的邂逅

恍惚要让一条大河停步

让一脉山川驻足

让所有喧嚣瞬间无语

这是一朵最小的花
小到躲进眼角
跋山涉水，去抚慰老宅的伤口
小到躲在墙根儿
倾听炉火噼啪的燃烧

她拥有把自己埋进尘世的
情商。用最高的颜值
像出嫁回门的女儿
去拥抱老泪纵横的溪流

夜色，被一点点铺亮
她笑得那么温柔
身影一闪
我的眼底就种下忧伤

叶殇

心急如风。叶子一片片地飞

穿行的栈道听不到她的声音

似乎她只对树有话说

枝头一动不动，一滴泪

一滴一个碎碎念

悬挂成纠结

能不能把瓜果梨桃邀回来

还原一段时光

这个距离，树有没有意见

太阳和星星会说点什么哪

成熟怎么也会被蔑视

能不能让笑语在叶落脚儿的地方

再响亮一点

委托大地告诉太阳

给叶的灿烂更长一些时间

把迎冬的嘱托 春夏的心事

捋个透

那滴泪还挂着，风让了路

自由在来路还是归途

纠结升级

风还是会来
阳光也会把泪温干
螳螂坚守着那滴泪
翠鸟在唱
这是一种别样的
无法走出来的欣赏
叶的离伤

远方

远方是家
时光每前行一步
家就离我远些
远到凌晨
梦中，远到咫尺
同我一起紧张的
山河、田野、老树、老宅
远到瓦片上
噙着泪花站立的

瓦松。听瓦片下摁住的泥土

发出蛐——蛐——的叫声

黄长江

作者简介：

黄长江，中国作家协会会员，北京新的社会阶层人士联谊会理事。

发表、出版文学作品 300 余万字，

出版有《抒写真正有意义的诗》《小炒诗歌》

《星座》《山野的星汉》等近十部。

获第八届冰心散文奖等奖项。

420 元钱等于什么

420 元钱等于什么

我还没有细想过

我和妻去买衣服

一件打完折是 380 元

一件打完折是 420 元

妻看了看又试了试

犹犹豫豫　最终只买了一件

其实这个价不算贵的

因为服装的价格早就涨上来了

但这又让我想起了一头牛

一头为我家耕了几年田地的牛

那天被父亲赶去卖了

本来父亲要 420 元才卖的

结果才 380 元就卖了

那是因为我和弟弟去上学

马上要交 420 元的报名费

原本指望卖一窝猪仔来对付的

猪仔在一个多月前遭瘟疫全死了

父亲回到家说 牛是卖了

钱还不够 接着又说

要再有一头去卖也好

母亲说 还不知道庄稼怎么办呢

那些田和地怎么耕啊

这段对话和那个场景

一直在我心里 回播着

几十年了 我怀疑

妻在我心里 也

看到了这部影片

因为如今 子辈们上小学

和初中都不用缴书学费了

我们把那几百元钱

欢喜在了身上

聚会在餐馆 或者

心仪几本书放在书架上

上高中和大学要交不少的钱

也不用等着猪仔长大和卖牛了

420 元钱，我们还可以
用它温暖边远山区的一些孩子
用它支援一些兄弟国家
友谊一些发展中的朋友

一些诗歌在这里诞生

你知道诗歌是从哪里来的吗
我说的是那些已被点燃
即将熊熊燃烧着的烈火

一个叫老舍的人
把他的名字变成了文学
也包括诗歌　一间产房

一座妇产医院　妇幼保健院
深深地藏在山里　群山温暖的怀抱

红螺和寺中的菩萨 保佑着呢

嘘 小声些 别干扰接生护士
和接生大夫 他们正在忙碌

一首 两首 一组 两组 三组
那些带着灵魂 牵着人民之手的诗歌
没完没了地这样出生着

它们有的要像后山上的草木
郁郁葱葱 有的要像
门前的竹子 长成林 长成墙
有的要像天上的白云 悠悠地
飘着 把自由永远飘在
地球的上空 有些嘛
做那夜空的星星 远远地
眨眯着眼睛 咯咯地笑
快乐得谁也不知道它在想什么

至于我分娩出来的那些孩子
就让他们变成天空吧

该蓝的时候就蓝　撑起一片

广袤晴天　想阴的时候就阴

低着头小声地咳两声

至于雨　就留给别人的诗歌去下

一个正在走进诗歌的村庄

很多村庄都变了模样

有的村庄变成了废墟

有的村庄变成了高高的楼房

有的村庄变成了街道　公路

公园　湖泊　或者桥梁

也有的村庄　一天天老去

身体瘦瘦的　肚子空空的

变成了饭量越来越小的爷爷的模样

可也有那么一座村庄

它选择走进诗歌的心房

其实它并没有选择　只是它
遇到了　一个叫王升山的人
放的一群不吃草　只觅诗的羊

这群羊　一只　两只　三只
一共有二十四只　都来到这个村庄
一遍又一遍地逛　闲逛

它们把眼睛睁得很圆　很亮
把村里平时很平常的牌楼　葫芦
超市和文化墙　都照出了亮光
像拾米粒一样一粒粒地拾起
变成文字　嵌入诗行

于是乎　我也记住了
这个村庄的名字　它叫芦庄
也就是葫芦庄　就在今天晚上

它被抒情　它被夸张

打扮得像个葫芦一样

走进了诗歌　走进了

要像风筝一样　飞起

飞起　欲将抵达高度的

诗歌　也走进了我的诗行

它把我的诗作当成凤凰

骑上我的诗歌飞向远方

风谒红螺寺

风谒红螺寺

本是来观光的

却见到满园的虔诚

它停到佛前

说　你静

我动　我可以和你比肩

凭什么　你引来

那么多的浮尘

风谒红螺寺

看到尘

正在给佛敬香

风想去磕头

庙堂太高

高过天上的白云

风把自己扮为尘

钻进庙前的御竹林

风谒红螺寺

认为佛像是它刻的

壁画是它绘的

只是转了一圈

没有找到自己的署名

将身子一跃

跃过了红螺山顶

干草垛

一只蛐蛐或者蝈蝈
在阴一声阳一声地叫着
孤单
又一只蝈蝈或者蛐蛐
东一声西一声地回应着
羞怯

当青蛙在或远或近的 那一端
或这一头 呱呱点赞的时候
蛐蛐和蝈蝈的呼声和应音
就开始密集了起来
开始有了忽高忽低
时快时慢的 节奏

我听到了幼时洒落在此的笑声
我找到了少时藏进去的伙伴
山村的夜晚 咋就那么勾魂呢

铁路部门不知多卖出了

多少火车票

航空公司也不知

多起降了多少次　航班

那一垛垛的干草

码住了　童年

樊淑玲 |

作者简介:

樊淑玲,中国书法教育研究会会员,北京市文联理事,
通州区文联主席,通州区政协委员,《运河》杂志主编,
主编《运河文库》《翰墨运河情》《最美通州摄影集》等。
北京老舍文学院第二届中青年作家高研班学员。

惊蛰

你永远不会忘记，
又是一年惊蛰日，
春雨打湿了万千思绪，
两只雀鸟衔着黄泥。

一个静谧幽雅的古刹，
一处绝尘脱俗的"净土佛国"，
在苍山翠柏松林之间，
曾留下红螺仙女的传说。

当你远远眺望那里，
你看到了什么，
红螺山向你展开了柔情的双臂。

暮色夕阳西下，
一声惊雷响起，
红螺仙女冲出了天宫樊篱。

副中心的建设者

啪，啪，快门按下，

一张婚纱摄影，

圆了你们多年的梦，

结婚的时候，

你们没有时间去照一张像样的婚纱相，

因为，你们知道那是副中心建设最忙的时候。

小夫妻俩是开塔吊的，

每天，当红彤彤的太阳，

像孩子的笑脸在天空升起，

你们也随着塔吊，

去触摸天上的星辰。

每天你们都像爬山一样，

一步一步爬上天上的云梯，

两个人坐在那不到一平方米的驾驶舱里。

夏天，似火的骄阳啊，

让你们湿透衣衫。

冬天，刺骨的寒风啊，

让你们打着寒战。

无论是炎热与严寒，

也不能阻止你们攀登的手臂，

你说，爱人在哪里，

就要陪他到哪里。

你们的家在大山里，

然而，为了副中心的建设，

保质量，抢工期，

一千多个日日夜夜，

你们都吃住在工地。

副中心，拔地而起，

你们的老家也一样变得美丽，

你们用汗水，

换来了老家人的幸福与甜蜜。

原来的竹房子啊，

也建成了红色砖瓦的小楼

建成的三居室啊，

爸妈说，有一间是留给你们的新居。

王伟 |

作者简介：

王伟，北京昌平人，一个小男孩的父亲。

昌平区作家协会会员，老舍文学院第二届青年作家高研班学员。

著有儿童故事绘本《贺拉修斯保卫罗马》。

有少量诗歌散文作品发表或入选文集。

一首诗的生日

凌晨，一首诗在钟磬山庄落草
产房是 2118 号
像她所有哥哥姐姐一样，她粉嫩
柔弱，但哭声更嘹亮
她有一双春天的眼睛

好宝宝，但愿你唇红齿白，为人称道
能走出比我更远的前程
愿你身体健康，长命百岁
爱你的人，永远爱你
恨你的人，骂着爱你

但你不必为了迎合别人
刻意忘却纯真，变得复杂或深沉
你有现代汉语的隐喻和象征
你可以平庸，但绝不会变坏
因为你是我的骨血

这些日子，钟磬山庄是个妇产医院

男人的孩子，女人的孩子相继出生
各式各样的婴儿，哭声或笑声
都是希望和梦想，这样的日子多么难忘

孩子，我在你的出生牌上写下：
生日：2019 年 3 月 7 日
故乡：老舍文学院
乳名：惊蛰

芦庄的入口

小蜜蜂，你可以向小花园里
百岁紫藤打听老枣树的秘密
在小卖部前吃梨的孩子
紧紧掐住两岁的词语

金黄的葫芦收起花朵
用精雕细琢加深了祝福的力度
在磨具里长出的造型

有无以言表的孤独

79 号院的五个荣誉牌
次第贴上品德的门柱
经过时光的打磨
有的已经泛黄，有的闪闪发亮

只有穿着带泥的鞋子
你才可以走陈志勤家的工地
看一看二层小楼的长势
来自唐县的电工陈艮发才告诉你
这个月工资的准确数目

只有蹲下来找到芦庄的入口
69 岁的黄淑兰才让你
看她一个人的婚纱照
和一幢未完工的二层小楼的孤独
你抱着她的葫芦离开时
她才把你当成另一个离家的孩子

闭关记

春风已暗示三遍

惊蛰敲响三月的房门

姹紫嫣红将让我手忙脚乱

唱歌跳舞的蜂蝶

会把我带入人间仙境

多么难得，我将闭关于红螺寺的后山

玉兰的骨朵都是菩萨的手掌

每一朵都指点迷津

每一片阳光都有神秘的微笑

每一缕春风都不止十里

我将在树下打坐

一三五默读心经

二四六在石头上写宁静致远

晨钟起念，暮鼓入定

中间香烟袅袅

缭绕一篇拿捏不定的词语

师父，我六根不净

大千世界有我挚爱的诗句

我不想错过如水的夜色，星辰的密码

我要左心房打夯，右心房沉淀

为她打造一座心心念念的宫殿

师父，请帮我打理杂念，俗事莫扰

她来之前我会自言自语，或哭或笑

请允许她大喊大叫我的笔名

欢迎她随风而来，穿墙而入

天亮后，会有两朵玉兰破茧而出

唱歌的小海

兄弟，别这样喊呀

芦村的夜晚早已睡啦

是不是月亮纯银的刀子

又挑破了你的心事

你在自己的胸口上擂鼓

用跑不远跑不快的双腿踢踏着大地

嘶哑的歌声引发雪崩

我伪装的鳞甲纷纷脱落

我们都过了摇滚的年纪

心底的火山早已沉寂

你靠着路灯杆烟头明灭

一条长河便泛滥而来

黑牦牛一样的小兄弟

唱吧喊吧跳吧难过吧

你看那些连夜赶路的小草

正努力举起自己的天空

长江运沙船

这是真实的，我们猫一样

溜到一座长江江桥下

灯火收敛，江水面目不清
明灭着运沙船的前灯

路灯下舞台很小
江面有无限的外延
合影留念是现在
我们唯一能做的事了

弹吉他的少年祝我们开心
挤作一团
又倏然消失的姑娘
都是今晚的配角

某时某刻，晚风清凉
我们站在万古奔流的江边
说到这是……最后的夜晚
我们都安静了一会儿

一只只运沙船紧伏在江面上
追赶着自己的影子
放心吧，自有阳光沿江北上

自有白鹭和诗歌

眷顾我们遗落的楚国

红螺寺在旋转

瞬间被想象的梵音浸泡

沉入水底，旋涡搅动欲望或忏悔

一会儿是西晋四年，一会儿

是大雄宝殿

站起来又跪下的人举手投降

三色檀香在波浪里飘摇

雌雄同体的夫妻树使劲撑着天空的肺泡

在这里每一步都要小心翼翼

石板路搓着你的脚

像洗衣机光滑细腻的滚筒

你准备打开的身体

抵挡着洗心革面的攻势

出门时你的身上没有一滴水

寺庙，在你体内旋转

红螺山低处的事物

三月的红螺山

我喜欢低处的事物

我喜欢那座被敲后

喊疼的铜钟

喜欢还没表白就红脸的杏花

我认识的，不认识的亲人

都从 108 个台阶和观音路爬上来

在半山的叠翠亭

来自白杖子村的雨和风

都想抱抱我

有人关心华北平原、星星、月亮

我只愿在两棵瘦瘦的苦苦菜身边坐着

荒草的白发里，小鸟在做窝

石头的皱纹是我再也无法解读的话

伏在春天的低处最好

刚出生的小草打着节拍

邀请我一起唱歌

遥远的钟声喊着——

走吧走吧——

回啊回啊——

最后一个离开钟磬山庄

挥手，大巴车顺坡而下

开得太快，转眼就看不见了

没有你们，钟磬山庄

又变得沉默寡言

离开玉兰树和红螺寺

你们和我一样，都要从山居岁月

梦一样的光阴中醒来
扑入现实主义的生活

山寺桃花，人间三月
肋骨上的花蕾在归途中隐隐作痛
你们分享着照片，看着窗外
构想着还俗的仪式

你们要去前门大街 95 号
我从酸枣岭拐上六环路
下午，昌平下了 2019 年第一场雨
晚上有人盘天津的月亮

在廖五私房菜馆

一盘毛豆，三碗夜色
九瓶诗意，挤坐在廖五私家菜的门外
麻城湖广大道边的小广场上
多了两座普通话的岛屿

我们安静下来

端详讨论彼此的安静

走过的路暂放身后

我们需要一丛围桌而坐的篝火

温暖匆匆而过的脚步

开口毛豆和印花纸杯

可以证明笑声也是诗句

读懂的人不断举杯

微甜的夜色容易醉人

玫瑰是突然绽放的词语

瞬间春光明媚

有人迅速弯腰藏起羞涩

悄悄话也是玫瑰的一种

驿馆离得很近

迟归者的去向，不必担心

万永达的大刀

那把大刀靠在展柜里
想必是你走累了，靠在麻城的
一棵大树下休息
你怀着八个月的身孕

那时刀柄上应该没系红布条
也没有血色的铁锈
你必须在还乡团的眼皮底下
把耀眼的红星藏在刀锋内部
它会在油灯下闪闪发光

当你被黑暗包围
你两天大的孩子被黑暗扼杀
在严刑拷打和枪刺的狰狞中
你把遗言吞进了肚子

你的秘密是三十八粒火种
他们替你走向了胜利，打开了梳妆匣
可你不知道，那把小钥匙

在你化为泥土的腹腔中
多藏了三十年

赵玉良

作者简介：

赵玉良，北京作协会员，北京民协理事。

先后出版《首邑文脉》《太子务武吵子》《白庙村音乐会》

《古村古乐》《京南古韵——武吵子》等作品。

1993 年开始发表作品，

先后在《短篇小说》《当代小说》等刊物发表作品 400 余篇。

现供职于大兴区文化馆。

望夕阳

望夕阳

不是望

是在享受它的光芒

一年中的四季

春夏秋已经退场

树木褪去了叶子

大大小小的飞虫不见了踪影

要知道黄昏时节

它们曾经隆重登场

蝉鸣萦绕耳骨

许多日子

白天与黑夜从不间歇

没有喜悦与悲伤

偶尔的风常常让我泪流两行

不承认这是衰老

如同夕阳

临近坠落仍要绽放耀眼的霞光

乌鸦在远处鸣叫

人们一直认为这是不祥的鸟

黑色的羽毛

是树木燃烧后的颜色

寒冷到来

这是无法逾越的日子

燃烧以地火蓄积的力量

释放热量

不一定看见光芒

秋天，每一片叶子都是幸福的

秋天，每一片叶子都是幸福的

有时被风刮得很远

众多的兄弟姐妹聚在一起

这是多么幸福的时光

秋天，每一片叶子都是幸福的

树枝突兀

遗落的果实归于泥土

迷人的酒香是收获后的回赠

风雨阳光都经历过了

出发的地方就是最好的归宿

秋天，每一片叶子都是幸福的

从一枚嫩芽到肥硕葱郁

再到被寒霜浸染

有的被虫咬被雨打落

有的被鸟雀的爪子划破

还有的病魔缠身

一路走来

平安即是喜乐

秋天，每一片叶子都是幸福的

风是多么忠实的信者

出生时吹来

那是漫山遍野的春色

收获后吹来

地下收藏的

是抵御寒冷的烈火

我爱春天

我爱春天

不仅是我

几乎所有人所有的生命

我非鱼

也不是万物

但我是万物之一

我愿意把我的感受说出来

说给树木花草燕子麻雀

说给每一条道路每一条河流

韭菜是羞涩的

荠菜是鲜嫩的

香椿芽摊鸡蛋

奔涌的气味是一条穿过岁月的河

我爱春天

花裙子摇曳生姿

细白的小腿胳膊

让垂暮的人觉得该好好活着

年轻真好

好好谈一场恋爱

花开了就别错过

时光易逝

亘古的太阳正悄悄滑过

春天的爱朝气蓬勃

水中的石头

阻挡不了水流

水多少次淹没过石头

石头多少次露出过水面

一天一月一年

花开了又谢

草绿了又黄

噘嘴鲹吹开了多少层水面

水映照了多少回

白天的太阳夜晚的月亮

没有时间的刻度

须臾也是千年

河床裸露

石头与水的对话

谁能够听见

我想给玫瑰写一首诗

我想给玫瑰写一首诗

我知道天国的女神

最不缺的就是赞美

并且还有很多顶礼膜拜

以及居心叵测

爱与美的酒杯

滴滴香浓不用喝就已经迷醉

一朵两朵三朵

以至于热情奔放

九百九十九朵鲜艳欲滴的集合

我想给玫瑰写一首诗

灵光出现

谁都是诗人

我的诗也是一次性消费

花开有因

花落有果

梨苹果葡萄香蕉

海棠紫藤梧桐

都在春天开花

都在秋天结果

甜的酸的苦的涩的

不缺少赞美

不耽搁收获

我想给玫瑰写一首诗

看不见前程

每一朵花的下面

裸露的伤口都痛彻心扉

我听见了自己的心跳

我听见了自己的心跳

潮水奔涌

拍击在沙滩

拍击在礁石

没有一刻风平浪静

节奏不稳

医生每年都要发出几次警告

吃药输液

是为了恢复出厂时的平静

还是对抗自然

进行人为的干扰

河流阻塞

我看不见自己的心

双腿还在

我不能两耳生风地奔跑

奔跑可以听见心跳

害怕知道自己的渺小

感知心的存在

无能为力时

伪装和面具会统统剥掉

心跳如鼓

撞击如日夜不停的波涛

倾听

过滤掉杂音

问心

回答自己知道

擦玻璃

时时勤拂扫

尘埃总是悄然落定

玻璃脆而坚硬

隔绝空气、风雨、冷暖

表情可以看见

自己的、别人的、里边的、外边的

想看以及不想看见的风景

模糊不清

影子本来就是虚幻

落上尘土

更是难以分辨

想起来了做一次保洁

窗明几净有之

随意涂抹也有可能

世界缤纷

小广告横行

有空擦一擦

谁也不能保证维持多久

玻璃无罪

碎了锋利无比

窗子两眼空空

鹰翔

天空高远

一只鸟孤单

看不见翅膀扇动

时而远去如一个黑点

时而飘忽至头顶

没留下痕迹

如同名字

隐身于典籍

小隐隐于野

如今遍地是大隐

隐于市

隐于蝇营狗苟

翅膀退化骨头酥软

叫声嘈杂窸窸窣窣

再不是犀利的长鸣

如闪电撕破夜空

不管如何

看见鹰便是侥幸

无法知道性别

这不重要

鹰是一个意向

不会辜负一双翅膀

| 王友河

作者简介:

王友河,男,中共党员,
1973 年 9 月生于北京市平谷区马坊镇果各庄村,北京作家协会会员。
作品散见《人民日报》《诗刊》等,
曾出版诗集《清的风》《花开天地中》。
现任平谷区文联副主席、作家协会主席、九歌诗社社长。

我常常忘记自己是个病人

我常常忘记自己是个病人
忘记那些保持健康需要的禁忌

当我忘记自己是个病人时
我很健康，没有忧伤
坐在春风里
大口地灌酒
火焰便把天空燃烧
溪水宽阔成河流

火焰越烧越烈
噼啪作响
天空越发显得窄小
像一间大房子
河流里千万头雄狮
上下跃动，张口咆哮

天空变得热闹了
慢慢地

我变成了一只空酒瓶

最后我成为一座空空的亭子

任凭风恣意地吹过

我渐渐听到

孩子们的诵读声响起来

有如河流把大海灌满之后的涨潮

飘动的空管干草或干草堆

唯有记忆珍贵

能够震撼心灵的美越来越少

欲望渐渐把肥壮的青草

捶打成纤细的秒针

在玻璃罩里做着旋转奔跑

还有一些青草

成为草屑,被生活无限地缩小

在汪洋的大水中东一头

西一趟地无规则奔波

每天为着那个目标

到底为了什么好像又不太知道

或是在迷宫之中

不知不觉被活过一生

楼房越长越高

花园就在街角

田野却越来越远

乡村已是越来越小

我们天天回家

然后成为倒在床上的路灯

彻夜不眠

深夜的黑逐渐把我们掏空成

一根空管的干草

故乡随着月光慢慢涌来

可一根空管的干草

再也潜不进

故乡湖水的芦苇丛中了

一根根青草在晨光的霞彩中

不断从四面八方涌过来

可长久扎不下根的生存

又逐渐被掏空成

一根根新的空管干草

干草的空管是多么相同

可空管的原因却是万千不同

越聚越多的空管干草

被冷风吹积成干草堆

像枝头的鸟巢

又像抑郁的城堡

内部灰暗沉寂

内部却也点亮着看不见的万家灯火

还好，一切还是

从前儿时记忆中的样子

如果你细听——

干草堆里还有父亲劳作时汗水的流淌

如果你细听——

还有离家前母亲那硬挤出来的微笑

如果你细听——

那蓬松的草堆里还在传出捉迷藏时

小伙伴们百灵鸟般的喊叫

开枝散叶的树木越长越高

精致的油亮在每一片叶子闪耀

如今的干草堆啊

看上去就像是

一群混沌尚未开窍

茫然站立在风中

像男人，也像女人

像男像女其实已不太重要

现实，或是渴望

都将在画布之上被显影

即便只是模糊的印象

也没有影响她过亿美元的市场

这个城市小商人的儿子

长住乡野里的画家

把根深深扎进了泥土

把干草啊堆满了他的后半生

沉浸其中并尽情吟唱

在面包、馒头的方阵中

他最终获得了土地的平静

一个人的内心有多悲悯

他的世界就会溢出多少芬芳

从巴黎郊区的吉维尼到

燕山脚下的果各庄

干草都被堆成相似的模样

干草堆是翻扣在地的陀螺

停止了被抽打

停止了被钢珠驱使的旋转

她和她的四周构成为和谐的世界

我们简单地称之为风景

这平凡的干草堆哟

她曾经是金黄的稻束

她曾经是低垂的麦仓

她曾经是红色紫色蓝色绿色的鲜草

随风而歌而舞而唱而奔跑

她曾敞开胸怀让孩子们

远走他乡，振翅飞翔

如今，她是一座空虚的山峰

一座光秃秃的坛城

失去了往日高拔的穿云连天

也没有了沉静滋养青翠的活力

不

她是仍然充满奶水的乳房

她依然坚挺地把自己举给

喷薄升腾的太阳

烈烈当空的太阳

西沉不语的太阳

太阳的光芒永远是七彩的

干草堆连同她的阴影便是

十二花神的调色板

折射出所有母爱的光彩

而在干草堆上方的一团明黄

在坚实的甜蜜映照下

放射性地把天空书写成辉煌

唯有伟大的母亲

才能养育出伟大的孩子

没有受过母爱滋润的心灵

干草堆就是一枚落地的炸弹

用力一碰就爆炸

没有受过母爱滋润的心灵

干草堆就是食肉动物的獠牙

终将咬断生命的脐带

太阳就要落山了

不再光芒的干草堆像是

撞击坚硬而起的肿包

鼓囊囊地膨胀在画布里

有人在抚摸，却没有人喊疼

袅袅升起的炊烟已经渐渐消逝

我们的眼睛比星星还要明亮

我们的心田却没有天空那么湛蓝

干草堆，一切还好吗？

你还能在记忆里站立多久？

为了生存下去

我们又该如何让你

一直这么慈悲地站下去？

喷薄的红日再一次

唤起连绵不断奔涌的波涛

迷迷糊糊的睡眠中

那些软绵绵的空管干草

忽然水灵灵直挺起长腰

陆陆续续从干草堆中

站立起来

走了出来

随风奔跑

欢愉犹如幼儿园刚放学的孩子

摇曳得好似清风中

田野上的一片片青草

郭冠荣

作者简介：

郭冠荣，男，70后，北京密云人，

密云区作家协会理事、副秘书长，

北京老舍文学院第二届中青年作家高研班学员，

作品以散文、诗歌为主，有部分作品发表在各种刊物。

酒后，他的真理

在一场酒的眩晕之后
我们在低矮的灌木丛边躺下休整
用膨大的语气辩论一场爱情，一个生命
他把爱情比喻成雨，说出那么多种
轻的、牛毛的，大的、瓢泼的
急的、躲不开的
可一说到生命，他变得矮小一些
他说好比一场雪吧，总得要化
先化的，后化的，化成水，化成冰

后来，说到他的母亲，说出无限的美丽
他开始抱怨，然后低下头哭泣
说她晚年的身体，还不如一场大雪来得坚硬
是小到落地即化的雾花糖
她一生很短暂，都在与一座山抗争
尽管那么努力，还是被压垮
他说那座山的名字真难听，叫疾病

他又说，现实的生存空间那样可怕

越来越像一个定制的，不能逃的鸟笼
我们若不能逃脱，就尽可能欢喜

敢先生，欠你一个拥抱

他是隔离病房里最小的患者
勇敢可爱，我们称他为"敢先生"

他那么小，不懂什么是冠状、什么叫隔离
看见窗外的护士，就张开小手求抱抱
动作很认真，拒绝了会太残忍
护士把疼痛转换笑容，用了那么多力气
摇摇头：你在隔离，这个抱抱不能给
他举着小手不放弃，尽管无话说出
护士再也忍不住，转头瞬间
亏欠的脸庞，两湖咸水正快速决堤

他肯定想过，为什么把他丢到陌生房间里
房间那么大，却不把爸爸妈妈还给他

来来往往的陌生人，动作那么轻

面对针头和药水，他知道要保持安静

偶尔扭着企鹅的脚步，向玻璃窗努力靠近

让自己与外面的世界，近一些

亲爱的敢先生，我们欠他一个拥抱

等他出来，和春天一并还给他

一棵沉默的树

一棵树的站立，或者跌倒

用哪种姿势都可以拥抱夕阳

或者迎接水的泛滥

就像我们成群，或者孤立

没人告诉我们该怎样躲避痛苦

或者拒绝滚烫泪水

一棵树赋予我们太多语言和哲理

而它，却那么久地注视大地

压抑太久的话，横生枝丫

不要试图把每一种欢爱

都想象得热烈

也不必把每一个夜色里的声音

想象着能够辨别

请尽量做到，每一次回头的动作

不那么轻

雪上，一个女人名字

雪一停，脚印不安分钻出地面

像无数翅膀，棉花糖里做飞行前的调整

大人勇敢返老还童，释放隐藏很久的调皮

让孩子不屑的眼，翻得雪一样白

乌鸦在一棵树上突然蹿起

黑色的唇亲吻白色的雪后，沿轨道飞回

我心里扎根一个名字后，再也回不到自己

依然想念，那片被树和草放弃的空地
在每场雪后，把那个名字重新拾起
坚持这么多年，手指越来越不听使唤
写横不像横，撇又撇不清
怎么用力，都写不出第一次的冲动

我试图与两只鸟和解

风冷了，土就更接近原来的颜色
大自然不会捏造荒凉，捏造的，只有人
土地被风刀割破的外衣，井然有序
一点也不残忍，越斑驳越好看

雨凉了，落叶伪装彩色波浪
双脚是划动的桨，但有些笨拙
茅草尖伪装花白的头顶
树伪装静止思考的人。而偶尔的身影
是跌下山，被四处散落的石头

在一个清晨，我打破山的宁静

伸出一脚，两只鸟跌跌撞撞跳落山崖

翅膀的拍打，刺破风声

突来的惊吓，让我们陷入惊慌失措

既然不能沟通，一定有误会产生

一整天，我都在这片山坡守候

用许多肢体语言，模仿鸟鸣

多次尝试后，依旧无法与它们和解

大雪纷纷

屋里的灯凝固了，屋外的燃烧着

前几天的小雨呢

被谁冰冷冷的概念感化成一种坚硬？

我认为的那个该来的爱情季节

被这一场洁白的大火，摔了个粉碎

我竟无所事事，也没有梦可以怀念

多渴望找到一个，值得可怜的人

把他想象成此时的自己

不要管拒不拒绝，直接就抱紧

别说借口，一开口就泄掉了沸点的勇气

眼神空洞了那么久，我又一次把眼光对准

那只在墙头上，跳下来跳上去的猫

像舞者，夜晚不安的精灵

一只猫的行为方式，又有多少

不能被我模仿到

多么巧妙呀，天地那么白，大雪纷纷

夜行的人，成了白衣的人

那么重的云朵

在二月，开得最早最大的花

当数天空的云朵

乌云置顶，风在指缝里奔跑

上面看，那么微不足道

下面瞧，来势滔滔

云那么重，就像一块遮羞布

把一些昏暗的角落，隐藏得更深

不小心有雨滴掉下来

以洪水速度把不安的念头驱赶

看一朵云的时候，我尽量躲远些

那里藏着千万根惊雷引线，惧怕是我最起码的尊重

天空和大地一样美好

云朵和我，始终隔着一种距离

不能逾越，不能混淆，更不可代替

秋夜声声

山里的星空，像裹满亮片的袈裟，亮晶晶

那么静，风不给号令，沙子不敢动

万物寂静之外还有发声

老牛咀嚼干草的频率那么规矩，替时针转动

反刍声很干脆，像寺庙外溢的鼓声

钻出一张牛皮围剿，瞬间清零

爹娘的鼾声很响，早已悬上头顶

一块落石下山，路线异常诡异

蚂蚁慌忙逃跑，拍打胸脯庆幸

河水沸腾起来，煮白了黑色中钻出的月亮

鱼儿脱个精光，哗哗哗，水草发出搓澡声响

那只痴情的蟋蟀郎，整夜歌唱

声带都撕裂了，情人还在迷失的路上

这些都是低微的声音，也许我离地面太高

自闭了太久，耳朵再也容不下一场雷鸣

只是被一只夜莺飞过夜空

发出的低声嘲笑，偶尔惊醒

我以现实的惊涛骇浪，还原过去的沉默寡语

石头

野长城的城砖，是憨厚的石头
彼此失散的几颗，喉头里隐忍的呼唤
发出的声音弱小，被路过的风好心传播

一群驴友叽叽喳喳，是吵闹的石头
声音很响亮，打住了枝头喜鹊的交谈
轻快流淌，瞬间就爬下了山顶

父亲是滚动的石头，在家和田地之间
身体的骨对碰土地的肉
两种质感的音频，尽量避免伤害

娘是发呆的石头，夕阳下倚着门槛
站了那么多年，也没有一个善良的工匠
愿把她雕刻成庙里的菩萨

我多想也成为石头，不会移动的那颗
固守生我养我的土地，终生相伴
那是孕育我的襁褓，也将是我的坟墓

一些事，在额头上隐忍

翻过米拉山，风硬朗起来

路上，遇见那么多朝拜的人

磕长头，到大昭寺，到布达拉宫

所看到的，都是一种表情

试图与那些眼神对碰

我知道有些眼神无法看穿

比如，慈敬的黑，悲悯的白

心无杂念后少了多种疼痛

额头上的痂，装满信仰和隐忍

越来越厚，接近了触碰天空的可能

印象最深的，是那个七十多的母亲

念珠已经黑亮，包浆过时光

仿佛每一粒，能代表一件事一个人

愿遁入空门，求一念隐忍

可，这天下的疾苦，有些不能避免

仍穿过珠粒，一次又一次地掰痛手指

一辆板车，载着全部家当

天空下的草原，空阔开远，和着梦

| 梁小兰

作者简介：

梁小兰，写诗，画画，北京老舍文学院第二届中青年作家高研班学员。

著有诗集《我是庄周梦里的一只蝴蝶》

《仿若梅花，仿若雪花》《玻璃上的光》等。

在《北京文学》《青年文学》等多家报刊发表作品。

镜中的尘土（组诗）

黑陶

选土，灌浆

经过拉胚后，胎膜成型

晾好的陶胎，放在桌上

他们拿着竹刀，雕，镂，刻，压，切

动作缓慢

他们全是哑巴，不会说话

那些刻下的图案，精致

牡丹，荷花，梅花，金鱼全部寄托着美好的寓意

有烧好的黑陶供我们参观

陶罐肚大，陶瓶细长

陶艺人动作夸张

但，我还是忍不住观看这些雕花之人

他们目光专注，小心翼翼

黑暗压过来

像自己给自己刺青

落叶

大风起，两片落叶飞到天空

像两只鸟，不，像一对情侣，追逐、缠绵、嬉戏

一年当中，唯有此刻：冬季，叶落，大风

它们才有这样的机会

脱离禁锢、樊篱，享受片刻的自由

追求无羁绊的欢乐

现在它们尽情释放激情

但这绚丽极其短暂，它们很快坠落

没有翅膀，这是一种悲剧

但它们这一生也算完美，青翠过，飞翔过

现在回归大地，这是最终的归宿

犹如一个人经过平凡，高潮，低谷

人生完整了，归根

我在窗前看着它们，想起自己也如一枚落叶

从南飞到北，千里飘摇

不知是何一种风把我托举了那么久

繁尘

天阴冷，万物神色忧郁
人间本来淡漠
此刻，尤为刻意
麻雀若非为觅食，也绝不出来奔波，彼此呼唤

像要落雪，又什么也没落
来往的灰尘，屏住呼吸

一只青釉大碗出土后，被陈列在壁柜里
上面几条裂缝
像一个人额头上蹙起皱纹，隐匿
尘世的沧桑与痛楚

我漫无目的地行走
有时在路上，有时并不曾有路
常似茫然的海面，不知何时能涌起波涛

闻有笛声，幽远
压住所过事物的恐慌

繁星之夜

有一些东西坠入海洋，在你看到它之前
暮色每降临一寸，池塘里的蛙鸣就少一些
风一粒一粒地小

在小巷，一个男孩
手拿吉他边弹边唱
他的知音是曲谱和弦上的余音

枯红的山楂叶结了霜
一些人走进梦境，就再也没有出来
篱笆围起的院墙内，一只狗静卧
灯光朦胧闪烁颠倒城市的安宁
天穹裂开一条缝，群星比我先到达那里

我爱繁星，也爱从眼前一晃而逃的松鼠
笛声吹走一些事物
枝叉间，一只蜘蛛打起了呼噜

就在此刻，时间刚刚消逝过

落雪

下雪了，像神在天空降下羽毛

风停止呼号，桦树、白杨停止摆动

一些动物藏起来，草丛里没有一丝声响

荒原成了洁白的画布

天地虚无，泛着清冷的光

掉落的银杏叶闭目

像沉思时间、生命、季节的苍凉、厚重

有火在燃烧

晚归的人熄灭汽车，走回屋里

远处山峦隐身

融化到暮色里

突然，一声鸟鸣，打破寂静

落了雪的炊烟轻轻上升

像在乡间走出一个人形

辽阔中，我看见一座座雕像

覆满白雪

在旷野上停住奔忙的脚步

青铜器

绿锈、黑锈、红锈、蓝锈……

这些器物长满了各色锈，像要遮蔽自己裸出的肉体

它们蓄养了那么多朝代的骚动、战乱、烟尘

铸造了那么多朝代的权力、贪欲、衰败

金属混合泥土

翻卷出一个个王朝腐朽的气味

酒器、兵器、乐器、礼器、车马器

每一件都奔跑着一条兽

龙、蛇、虎、牛都在咆哮

但它们从不跳将出来，指认自己

殿堂、坟墓、博物馆，它们从生到死

从死到生走过几遍

像一个人死去复活，带着重重的锈迹

饕餮纹、解析纹、螭蛇纹充满咒语

一些人和物再也返不回自己

街道

大街上，车比人多
人间正在变成车间
轰鸣的声音不绝于耳
长鸣、短鸣，或细或粗

忽然就有了某种惆怅
尘世奔波、忙碌
人活得像变幻不定的股市

楼房高耸，在这之上
蓝天还是老样子，偶有
群鸟飞过
告知这空间还有灵魂摆渡

路过街道时，我是
匆匆的
有些东西一闪而过
有些东西恰似镜中的
尘土

抹也抹不掉

坛子

四野无风
那只坛子，立于死者的坟头
可能装过酱菜，也可能装过酒、土
装过水、米或者盐粒
它的口部磕了一个豁口
也许它早已破裂
鼓鼓的肚子上勒着一根铁条，若
命运的痕迹

它在微风中稽首，暮色聚拢来，
像在怀念故人

荒草使整个土坡凄凉，安宁
那只坛子黑黑的，黯然
毫无光泽
仿佛装满深深的哀泣

在黄昏

我坐下来清点时间，落下的钟声

说明它已走过大半

冬天溢出疲倦之色

黄昏把晚霞给了山峦，树木，虫草，村庄

无人采摘的柿子挂在枝头

摇晃着渐冷的暖色

一些人聚集到广场上，跳现代舞，扭秧歌，拉小提琴，

踩高跷……

各据一地，互不干扰

西湖的河水囚住阳光，放弃奔涌

北风由小到大，鸟雀归巢

种种背景后

一个老人在扫落叶，扫过后

地上又落了一层

镜中

好多人都在镜子里活着

好多物在镜子里面跑或者跳

我看见一个妇女抱着孩子，拖着黑色皮箱

急匆匆往前赶，生怕火车突然开走，扬长而去

一对情侣互相拥抱，像要从此诀别，吻了又吻

一名男子戴着耳机，边走边打电话

中年阿姨正在反复察看车票信息

……

镜中的人物不断变换、移动

一波又一波的人长着相似又不相似的脸

有着相似又不相似的表情

做着相似又不相似的动作

更多的人在镜中走来走去

有着相似又不相似的奔波之命

镜面平静，我突然担心镜子碎裂

里面的人

突然呼喊着冲将出来

张义 |

作者简介:

张义,北京延庆人。中国长城学会、北京作家协会会员,
延庆区作家协会副主席,北京老舍文学院第二届中青年作家高研班学员。
出版诗集《倾听月色》《道德的补丁》等多部书籍,
热爱中国传统文化普及和推广工作。

飞鸟般的思想

凤凰挣扎翅膀
在死前遗落高飞的思想
猎手用她装饰墙壁

那粗鄙的审美
可以猎人，猎政治，猎道德
都可以悬挂墙壁

墙壁上，凤凰坚硬的喙死了
猎手猎人的思想潜伏
为不能飞翔画定句号

大运河的码头

朝代一代一代多
日历一页一页薄
年号备注下历史事件

让漕运衍生运河的牌坊

码头抬着脑袋

在舵主的吆五喝六间

遍插旌旗，拓印船工号子

舟船是孩子，爹给他饭吃

驳岸时，孩子磕头流血

缆绳绵软，利用弹性品德

与漕粮的颗粒喝酒打牌

国家强迫症，用铁丝串联百姓锁骨

帮派在底层结盟

歃血出命运打捞器，控制码头

让思想等一等肉体

思想乐于观看肉体腐朽

观看肉体拱起墓碑

叠死的珊瑚堆积出岛礁

像墓碑，证明肉体的曾经留存

书是物体，书里有思想
但思想不等于物体
急于成长的物料不择手段
积攒油嘴滑舌，引领是非

思想和私欲各自编织学说
肉体反复粘贴的过程
强迫思想经常回到原点归零
进步的，是以花枝招展遮盖私欲

自然界的伦理坐标

野生动物的灵和肉
被咀嚼和排泄成菜谱
皮毛张挂着
作为幌子
亮相虚空的罪与罚

动物的成长周期和人类的伦理杂交

交叉感染后

以国家风情的命题迷惑异乡来客

飞机火车运输人类活体的时候

唾液骚动着味蕾的舒爽

运输动物蛋白，积攒多余脂肪

达成相互交流的目的

冬天的雪在掩埋

蚯蚓似的高速路被迫切揉搓

情绪变道超车

炊烟的高度和浓淡指认方向

云朵阴郁，掩埋故乡

春联鲜活着

像是街门的封印

在祖宅前纪念黄狗的吠叫

奔波在命运里的男女

被定死在身份证号码上
号码就是体温
接收悬浮的 Wi-Fi 信号
在雪地里挖掘出家风

故宫这个动物园

五爪龙撕坏紫微星的灯罩
吞吐云气，漂浮朝代魅影
鱼虾新鲜，屈着骨节朝拜
抬不起头来
向下打洞出姓氏的府邸

五爪龙斗不过架上的凤凰
大使夫人攒头朝堂
合影出清末野鸡的威仪
狮子和老虎穿着青铜
把武力扎进水缸
让莲花带刺，守护城墙

单腿仙鹤腿骨削薄
喉间升腾烟雾，为门钉镀金

语言的起源

舌头是肉，语言不取决于肉
肉为语言发声
所以舌尖产生阶级
所以通过人类语音的组合方式
判定阶级

山神是山民阶级
城隍是市民阶级
鲁班是工人阶级
关公是武夫阶级
作为财神，也是资产阶级

人掌握猫的语言
猫能够蒙蔽狗

狗可以呵斥鸡鸭

语言的共性，让一些规则起死回生

透过深秋的季节

杨树金黄的叶子哗哗鼓掌

在诡异的俗语中也叫鬼拍手

洒水的柏油路光洁

挖来挖去的接缝证明手术低端

来来往往的车辆辗轧金钱

速度飞快

甩起纸片划破脸面

都是清洁工打扫不净的东西

透过深秋的季节

植物蜕皮

人类更加厚实

无毛的表体

需要遮盖私处，全面保暖

城市的味道高高飘扬

阳光撬开城市的血脉

司机作为工具，拍响垃圾车的喇叭

在这个城市的七八点钟

垃圾集体搬家的时候总会依依不舍

把口水淌在路边

绿绿的，油油的

让一条条狗腿在上面跳来跳去

康安，湖南，尚书苑，川北

体育场，京客隆路口

沃尔玛西门……

地理名词被垃圾组合连缀

织出网，创造城市的味道

湛蓝的晴天下

蚊蝇醉酒，闯过环保的红灯

行人磕头，捏紧鼻子扮演僵尸

等待暴雨袭来，为城市改头换面

相生相克的历史，循环

紫竹院掉落一片叶子

叶片锋利，阉割高粱河的脖颈

喷涌嫦娥的血液，装进净瓶

观音大士微笑

嘴角翘动蝼蚁的乾坤

紫竹非竹，生出事端

胁迫禅院跳舞

叶脉低垂，悬挂意象

克灭前朝，为新朝的千种没落伏笔

草木悟道，和螟蛉私奔

门槛内外，德不越界

阴在隔岸观火

阳在木鱼肚里，被僧人敲打

蹦出玄虚的扶手，排定次序

| 胡留帅

作者简介：

胡留帅，笔名小海，生于 1987 年，河南商丘人。

在珠三角长三角京津冀工厂打工十六年。在车间创作诗歌五百余篇。

曾获第一届劳动文学奖最佳诗人奖，

北京老舍文学院第二届中青年作家高研班学员，皮村文学小组成员。

惊蛰

耕种了万年的土地用什么去唤醒

沉睡一冬的精灵是否还继续做梦

遥远的风来自遥远的星宿

吹着沉闷的大地如水滴密集

岩石上印刻着赢鱼的痕迹

月色里倒挂着桃花的暗影

是谁曾在夜晚钻木取火

点燃了族群的狂风暴雨

醒了的都会再次睡去

睡去的也将再次苏醒

在万籁俱寂间布满了雷的涌动

大海的尽头是云朵

云朵的中心是闪电

而那闪电劈开了的只会是永恒的惊蛰

北方的梦

今天终于钻进了燕山的怀抱

像一个踌躇多年的孩子

终于抵达了渴望的北方

风吹着荆棘登上山巅

望着茫茫的华北平原

云朵 湖水 长桥 座座高楼镶嵌其间

我眼眶里有泪水涌动

燕山的月亮升起来了

我想到了唐朝诗歌里的陈子昂

想到了元代战马上的忽必烈

想到大清帝国残破的梦

这样相似的傍晚

我却仿佛回到江南

这正是工厂加班的时间

厂区轰鸣 机车转动

炽光灯来回地加工着苍白的时间

青春的血

曾在一朵含苞的杏花里凝固又凋零

也在一个电子元件 一块显示屏

一件衣服中无尽地消磨

我们的希望有流水线那么长

我们的明天有应聘单那么多

我们的生活却像夜色中浩渺的太湖水

在朦胧的迷雾里前浪拍打着后浪

在明亮硕大的月光下空空地流淌

南方加班加点的兄弟姐妹们啊

此刻我在你们梦想过的北方

这里有天安门城楼

这里有大漠长风

这里有雄关漫道

可唯独没有你们在身旁

我像是一个逃兵一样

把你们抛在了如水的江南

岁月铿锵 春风浩荡

如果红螺寺可以许愿

我还有一个愿望

只剩下一个愿望

我想有时间我们都能一起来

一起来看看这夙愿一般

梦里的北方

从一头牛的记忆开始说起

我记得 1996 年的初夏

二姨家的一头大黑牛

不知被谁在夜里偷走了

她沉郁了一个夏天

最后积郁成疾

后来我辍学南下打工

见过深圳人民政府前的开荒牛雕塑

听过老子骑青牛西出函谷关的传说

也知道了牛郎织女鹊桥相会的神话故事

老子的传说 牛郎织女的故事

似乎和南方的工人一样活得真实而遥远

我知道湖北的郭金牛在东莞的车间是装配工

四川的张二牛在杭州的工地做电焊工

河南的李亚牛在宁波的炼钢厂干挡渣工

牛家村的牛天强

在广州的工厂

被机器压断过一个胳膊

现在回到偏远的云南山村

放他们村里的

最后一头牛

祖国 我爱你（组诗）

>>> 1

如果爱真的可以说出来

那最好也让爱变得纯洁一点

我选择在南胡庄爱你

她是中原腹地

黄河边上的一个小村庄

是祖先繁衍生息之地

也是我这样一个异乡游子

最想说爱你的地方

我选择在老家东屋麦囤前

用麦粒上那黑色的芒

去触碰你苦难而辉煌的星辰

>>> 2

我是背着黄河水长大的孩子啊

黄河的水有多黄

我的骨骼内部就有多少次成长与断裂

我的脊梁骨刻下过烽烟千里

也刻下残破城楼

以及生锈而暴戾的铁马金戈

刻下过九一八的耻辱

也刻下无数烈士的浴血奋战

和中国人民从此站立起来了的雪耻之时

刻下了祖父春耕秋种的犁铧

祖母日织夜摇的吱呀纺车

父亲寒来暑往打工的城市

母亲四季农忙晾晒的粮食

还刻下我工厂车间挥汗如雨的青春身影

刻下无数放肆的春天

和十月的锃亮光明

黄河就这样沉默着汹涌着从我脊背

胸腔 头颅 四肢及密密麻麻的血管间滔滔流过

而我只倒影出一片自你而来的圣洁云朵

>>> 3

想说爱你的方言

于北京之夜的地铁里喑哑

爱你的心跳摇晃着在地心深处轰鸣不止

北方的夜晚如燕山一样幽深黢黑

我爱你的巨大呼声

在灵魂的银河间久久回荡

一粒土一粒土般地累积

直到于粗糙而泛黄的野草尖循循传出

>>> 4

是的

三月适合群星间舞蹈

适合旷野里高歌

适合田地中劳作

更适合右手触摸胸口

翻开祖先的底色

然后以小麦 水稻 高粱 玉米

滚过山脉的速度

铿锵而蓬勃地唱出祖国 我爱你

我爱你啊 祖国

在惊蛰这一天想到太平湖

候桃花 候杏花 候蔷薇

多么美好而简单的心愿啊

是的

这个时节里连空气都饱蘸着春天的味道

一切美丽的事情都该在美丽的时候发生

坐车看窗外北京北部连绵起伏的山峦

久违的蓝天白云

贴近轨道河流与茸茸山色向远散开

在这明媚的春光里

我想到五十多年前

想到漆黑的太平湖

想到一个自称文艺界的小卒

那个秋天的深夜里

有一颗光芒的头颅高过了天上的星辰

太平湖如今已被渣土水泥高楼塞得严严实实

就像填满那些不愿被提起的荒诞往事

但仿佛依稀还能感觉到

一个高贵的灵魂在京城的上空久久游荡

穿过生锈的与发光的时空

像是一个天真的孩子

在等候着观音庵胡同深处

传来母亲轻轻呼唤的乳名

周卫民

作者简介：

周卫民，1981 年出生。

入选《诗刊》社第 35 届"青春诗会"，著有诗集《命运遗迹》。

由《十月》杂志社推荐，参加北京老舍文学院第二届中青年作家高研班。

作品发表于《诗刊》《诗选刊》《北京文学》《绿风》等刊物。

输入法

它记录我使用过的词汇
使它们日益壮大
如一支前行的队伍

我的一生慢慢消磨
这些义正词严的口号与不为人知的秽语
还有本该遗忘的名字
会不时冒出来，让我慌乱遮掩

它们在网络世界一路奔跑
最终气喘吁吁，破碎成陈旧符号
现在我不想捡起任何一个
命运早已安排了
一切。走过的都已走过了

我将在老去后的黄昏里
敲击键盘，引诱它们
看其是否随时待命
准确地重现我经历过的世界

还是早已无影无踪
远远地跑去，拼凑了他人的一生

下雪了

下雪了，天空浑浊不清
头发先白的，都是匆匆赶路的中年人

雪地上，很容易欢呼雀跃
我们需要的那么多
此刻，一下就简单了

其实，无解的问题
还在。来场让大地爱憎分明的雪
我们每踩一下
都获得真实的回声

堆砌着期待中的模样
对望那些瞪大的眼睛

拉住那双白茫茫中红彤彤的手
笑一笑，雪停以后
那么严肃的生活又会呼啸而来

雨滴穿过脊背

雨天，沿任何一条线行走
都有水滴自高空直下
让后背凸显凉意

屋檐下、林荫道
暗藏无数发射点
有些虚晃一招，打在无关紧要处
荡漾成一片水花

千万滴中
总有一粒，挟带杀伤力
冰寒入骨，准确击入穴位
以一枚钢针的尖利

让我对悬在高处的水滴

保持终身警惕

声音

我曾将斧头砍进那棵树

拔出时，它张开嘴

持续叫喊

怀着仇恨

后来我适应了耳鸣

忽视这声音，也忘记疤痕样子

我的记忆不再鲜活

它的伤口不再锋利

现在的街边、郊外、丛林间

镶刻着许多相似形状

它们缄默对望

风涌时，并不发出哀嚎

白河

你让我如此沉默

在明月浩瀚下独自乘舟对天仰望

想到李白在这样的夜晚醉落河中

他就那么躲进千年故事里不肯出来

让我在这条不相关的河上

显得危险而勇敢

多少英雄在此厉兵秣马、封王拜将

如今登基台上，仍有两千年春风拂过

我确定光武帝起兵前一晚

这满满月光

全是东汉豪杰们，沉甸甸的英雄梦

现在群雄沉默

马蹄夯实的土地上

钢筋水泥高层建筑茁壮生长

淯阳桥彩虹下，有美丽红衣女子向我张望

这时我与白河拒绝月光的温柔

河水摇晃

把我摇荡在大河慈悲的波心

此刻，我的家乡正在消失一条河

她曾以母亲身份，在我幼年静静流淌

现在白河与它一样安详而严肃

河风掠过一个人过往

带走一座城市风尘

这么多年

张衡路上，张衡研究他的地震仪

百里奚路口

华发老人静静等候生命之际最后光亮

此刻医圣张仲景，在仲景桥构思伤寒杂病论

诸葛先生在寂寞武侯祠

细数主公、天下、社稷

安详的淯水，怀抱南阳的夜晚

平静水面下

从来都旋转着大江大河的基因

在桥的上面，在树的顶端

那时我还不知道死亡是什么

这座桥下横着的水以前时浊时清

河底的鱼虾诱杀了我的伙伴

许多年我不敢看河水里的影子

失去对桥的关注是后来的事

现在桥依旧在，桥下长满白杨

在我不经意的二十年里

河水悄然无息消退，树木却葳蕤异常

现在这些树已将河道占领

它们的翠绿超越了桥面高度

风吹过时，一些枝叶会碰到我的脸

让我想起当年的流水

当年的流水，也像这绿一样

有过轻柔的怀抱吗

没有改变的似乎只有河道

它用固定的形状规范着身体内的事物

让它们顺势而来，扬长而去

从不在意翠绿与流水的关系

也不在意我如今已是

从桥下站到了桥上

一对相爱的树

爱久了，千疮百孔

有雷电击出的弹孔

有虫洞，有虫洞发出的呜咽

也有不懂爱情的少年

砸进钢钉，滚出琥珀的黄金

这对相互搀扶的情人

彼此陪伴一千多年

我们感叹爱情伟大，是啊

爱意绵远，需要时间

可他们若原本就是不爱的一对呢

也在一起

牢牢地守在一起

在古寺清音里一起隐忍

相互支撑，年年结出果实

永恒地，相互陪伴

卢村有三种鱼

邻近寺院，春暖花开

每过几天就有一车虹鳟鱼

运来。有的在临时水池客栈

闲游几日，有的刚落水

便被选走

客官请看，活的——

月色微咸，腥气迷离

寺院门票，五十一张

金鱼在竹影里徜徉

红螺寺的梵音，缥缈缭绕

许愿池微微波动

鱼在池中点化

是早晚的事

寺在北，村在南

去向三角形的另一端

会落入红螺湖

那里有另一些鱼

说着卢村的土语

不悲伤，也不神圣

我却望而生畏

静止的钉子

再不刺穿点什么

锐气都碎化了

温湿的空气，日复一日

溶解出头部的锈

像不像丢了尊严的人

还有一次机会

抖擞出寒光，还可以全力以赴

楔入空无之处

拔出时，碎屑满地

夹杂另一维度的血丝

然而，力道饱胀

目标难寻

这使它一直静而未动

屏住呼吸，并为了减少摩擦声
稍稍收起羽翼

闪电

先生，我与那些人成了朋友
一切未曾改变
我们说过的理想，和那些
沉重话题，仍在我心底敲击着
金属般质感的回声
那些犯错的人，对我显露出
可爱一面，只是他们
时常甩向人群的利刃，依然那么冰冷
而习惯。现在
他们把我当朋友
我们把酒言欢，我们交换
暗夜、黄金与星辰，甚至
与他们在大雾中跌倒，互相搀扶
等待光亮的一刻，我怀疑那种情谊

超过我们过往携手的艰难

但我清楚，有一枚伤害过你的

伤疤，一直在我心里

已收缩成，不能再小的

一枚闪电

自明 |

作者简介：

自明，本名张雷。
河北省定州人，河北省作家协会会员、定州市作家协会副秘书长，
北京老舍文学院第二届中青年作家高研班学员，
作品散见《诗刊》《诗选刊》《中国诗歌》《星星》
《青年文学》《四季风》等刊物。

惊蛰

飞机穿云而过，一阵轰隆

在红螺寺外钟磬山庄空地

想起二月，龙抬头的匆匆

身处北京，想起戊戌年的日历

菜市口的铡刀挥出的闪电

和几声闷哼被鲜血浸透的凄凄

一场秋后的国之惊蛰还需历劫大雪弥天

才能酿出谷雨的泪滴

二月的茧包裹着六月和九月的风暴

二月的麦苗头顶着去年的黄余

给雷声戴上草帽

让土缝足够呼吸

用枯枝写下春的笔记

一条小虫，一粒种子

放风筝的男人

一定是有了二心

放风筝的男人，手握知天命的年轮
执意要将一件纸糊的心事
在红螺寺外放飞
给天边的白云
春光最为茂盛的时辰
不断升高，波浪式升高
让北京知道，怀柔镇的芦家庄
有个不太具体的小秘密

绳，每放十二圈，他就小一岁

解放红螺寺

御竹林围困在竹竿编成的篱笆里
二百岁的油松，胸前挂牌，示众

它们的根仍扎在前代的泥土中

野性的山脚有服从之美

嘴服从经书，腿服从台阶

从四面八方走来，去红螺寺

就是从一个解放区进入另一个解放区

占领诵经房、伽蓝堂、大雄宝殿

把时间从手表中解放出来

把佛音从铸有《金刚经》的铜钟上

解放出来。穿过杉树林，占领一座座山头

把早已从石头中解放出来的菩萨

再解放一次。合影，摆几个造型

从衣服里解放出另一个自己

你点香，跪拜

貌似坚定的身形还藏着一个疑问

到底是你解放了红螺寺

还是红螺寺解放了你

红螺山叙事

山泉澈，山风野
春分时节的红螺山
风是由一群女人的呼吸构成
而你，是其中恰好的一缕

从红螺山顶看雁栖湖
是我看你恰好的角度和距离
我高，但我没有任何俯视的成分
因为你浩渺，你有持久的蒸腾
天边的云也属于你的一部分

用抚摸你的力度抚摸一棵油松
我越轻，风越大，轻到似有非有
山谷就会荡起止于寺门的回声
一种来自空旷内部的嶙峋

我希望林中跳出一只猛虎
撕我，吃我，消化我
发出一阵阵惊退百兽的吼叫

我希望你能听见

吼叫之中由我构成的那最鲜艳的一声

记一次空航

起飞，我比我慢

降落，我比我快

停在云端的我

思念脚踏实地的我

上一秒的我追赶下一秒的我

一秒钟诞生一个新我

一秒钟摒弃一个旧我

从北京到武汉

是一次充实的空航

八千个我在降落的一刻

汇聚成独一个我

"或轻如鸿毛，或重如泰山"
起飞，我比我快
降落，我比我慢

学诗记

写诗，是另一种翻译
起于语言，终于语言
一个人的译魂术
从黄芪中翻译出补气固表、利尿生肌
从丹参中翻译出活血祛瘀，通经止痛
从柴胡中翻译出解表和里、升阳疏肝

一首诗的药性，还需要更为精准的翻译
强烈，蕴含愉快的意外
深究时，符合一贯的日常
翻译鸟鸣、流云的幻化
或是一阵风，饱满、激荡的热情
在午夜春深，一条岔路的唇边

诗的谐音，两个方向的暗示
爱超过不爱的残忍

一件风衣

高丽敏的风衣一到我身上
就开始冒充袈裟

一面绛紫色，一面布满蓝白纹饰的
带有疙瘩扣的女式中国风衣
穿在一个青年男子身上

我还是我，尽管后来
每当看见高丽敏穿着这件风衣的背影
我就会产生一种错觉
风衣里裹着的
一会儿是风，一会儿是我

但那一刻

当太阳的追影灯打在我身上
我已被一缕光芒抽离，从既定的此处
从灿然的时代边缘
抽离，但，我还是我

变成了一个右手合十的我
左手压在腹部，压着蓬勃词语的
慌乱蠕动，好让史美丽的焦距
对得更精准一些，我知道

风衣长，能遮住我更多的卑怯

骨与金（讲）
——参观黄麻起义纪念园有感

"一两骨头一两金"，一张通缉令蛮横如诅咒
剖腹、挖心、凌迟，犹在时光中暗自施行
疼随血，在土里扎根，营养樟树、桂树……
玉兰和琼花。无数次深夜里忧叹

听货币砌成的床上，梦呓初心
听镶钻手表，"咔咔"，昨日之前
所有历史一针带过；听性生活日记
过瘾处，翠枝发出绵延不休的呻吟

回忆无可逃避的错杀、骨头与黄金的交换
暴雨将至，春色割刈，新蕊从容

高矗的石碑上，一个个人名手擎天秤
寻找敌人，寻找隐蔽在生活中的叛徒
寻找战友，寻找扛着棺材执法的好汉
反复称量，再一次慨然赴死

麻城之夜

"花生与毛豆同食，健脑益智"
玫瑰随浅夜赠送，告慰浮生

佐以酒，佐以华灯在上的微醺
倾听笑，倾听革命流年

"历史不可忘却"
"做人应活在当下"

不经心的重复
刻意的罔顾

存在主义悖论被厨师化解
友谊的补场被星光解散

黄瓜和田螺的艳遇
吻之习练，牙签介入

晨雨淅沥
序曲一场语言的暴动

真挚的告别

——赠周卫民师兄

真挚的告别一定深于凌晨四点的夜色

并绝不超过四点零八分的北京（用典）

一定要议论，并大张旗鼓地抒情

词语浓过咖啡加红酒

却绝不吐露任何留恋

真挚的告别一定强于三月的风

摘走曦光中的新蕾

蛮横

并含有四点到四点零八分之间的隐秘

真挚的告别烈于火

并葆有对灰烬的沉迷

非白 |

作者简介：

张彤，女，笔名非白，江苏南通人，天津市作家协会会员，
和平作协理事，北京老舍文学院第二届中青年作家高研班学员。
出版《永不谋面的知己》和《非白》等多部文集，
在全国多家报纸、杂志发表作品并开设专栏，
多次获得全国、天津市诗歌和散文一等奖。

我常常陷入一支笔中（组诗）

之一：我常常陷入一支笔中

我常常陷入一支笔中
一支笔提着一盏灯。提着一口气
捡山顶的光 谷底的溪水和鱼虾

深一脚浅一脚的字迹。留在河滩上
我踮起脚尖的时候。那一笔也许心怀宇宙
当我跌倒。就画出黑夜的清凉

我一直在找那只握笔的手
阳光下，我也在看我的手指。他们并不通透
写下万事万物。又写下一无所知

我心里有一汪泉水
一边刻下我，一边抹去我
汩汩地。我不知道他跟着谁在跑

而这支笔，总像花园里的蚂蚁

拖着一片枫叶。用力地走向蚁穴
像我按下的红红指印。他们撑着落日

之二：一颗心只烧一次，就成了墨

一颗心只烧一次。就成了墨
一缕浓烟呛入水中。没有一条船可以度劫
我不能把所有逝去的都找回

繁星。沿着闪电划过去
那些黑色的羊群去往哪里
哪里就是我的囚牢

半生不长。不能等我想好了再走
不能把我拉成一张满弓。不能慢慢枯萎
不能抽身上岸。也不能遁入空门。

如果。这世界什么都不是我的
我对让人懊悔的一切。不再懊悔
不再虚与委蛇。不再期待来世

我将夹在笔与纸之间。做一只壁虎
无论被折断多少回。总有一样东西
从天而降，落地而化

之三：一页素纸，放不下寂寞

来人间走一趟。我就永失天堂
这将下未下的大雪。是我将来而未来的黎明
我心缺失的那一角。一页素纸，放不下寂寞

只要我还在找那个名字，他就不能覆盖一切
只要我想，他就是我手中的一片云
这条路，只要踩一下，他就不再纯白

我也想，做翩若惊鸿的那个人
可想起顿笔走过的漆黑。想起随处可见的留白
想起时间，忽然手握一把荒草

我用他喂我的野马，一路狂奔
像提头来见的刽子手。像死里逃生的古老遗民
还在等什么呢？今天，我已掏空身上的最后一捧泥土

孤独未必有一滴水的悲伤。悲伤却是一片海的孤独
天雷滚滚。我的眼里
那一滴巨大的悲伤　为何，迟迟不落

之四：每一次研磨，都是世间的一次寒冷

每一次研磨，都是世间的一次寒冷
每一次寒冷，都把我炼成更温暖的人
每一次温暖，都有厚厚的伤痕

他们由高到低排成烛火。一点点染上灯芯
对未来和未知的恐惧，让我一再地拿起剪刀
颤抖着，剪短他的痛处

这一群流亡的人，多么想落地生根啊
坐在利刃上磨掉刃，磨掉积水
磨成木头的声音，瓦砾的声音，石头的声音

这么多年来，我已习惯了磨
在我把砚堂磨亮的那一刻，有多少方砚
行无情事，做有情人，无人得知

他们已活成 2.5 亿年的蚯蚓，没有棱角没有骨骼

他们埋在土里，咽下土，吐出土

他们是我磨出的犁耙，可以随时让这世界翻个个

要在火中炙烤多少回（组诗）

之一：篝火是沿着黑夜生起的

篝火是沿着黑夜生起的

人类沿着黑夜出生

这是迈向世间的第一步

爱与死十指相扣，留有未净的血污

风在高处，火焰就在高处

我向火里投草木

枝叶飘落，一棵树缀满伤口

先是猛烈地咳嗽，后来泪水洒了一地

许多不能渡过的相遇是深色的

雪在瓦上发浅色的芽

战栗的光，轻轻一碰就破了

爱一次，心中就埋下一颗惊雷

盼望比黑暗更黑的，穿透我

这样我就能占据一瞬光芒

在沧溟之中想起远方

也许会忘记些什么，又盼着什么到来

那时候，我还不知道

一个人要在火中炙烤多少回

那时候，我并不知道

一根草沿着另一根草，也要 走很久

之二：流淌到秋天，所有的哀伤就都谢了

我是燧明国的一块硬木，一直被摩擦

一块浮木，一直被钻取

我也是一只鸟儿，一直在啄树干

一只盲龟，一直在等百年后跃出洪流大海

星空里，我是合上双眼的余烬
大地上，我是举着火把的稻草人
不捧上去，就照不见未来的路
不放下来，就闻不见人间的烟火

在夜里，在天亮之前，在迷惘之处
万物有万物的活法，万物有万物的疼痛
我是万物的影子，光阴里只反复做一件事情
一再被照耀，一再被碾碎

我把我种在火里
我亲手种下的，我却拔不出来
杜鹃啼一万遍，也拔不出
我燃烧，又为熄灭而奔走，为重生而召唤

我不知道，这一生，要在火中炙烤多少回
春天才肯打开一条河流
再打开一条河流，金色 才能倾泻而下
那样，流淌到秋天，所有的哀伤就都谢了

之三：我如此贪婪，又要把这自取的一切打翻

一场大火，总要合到一处才会烧得浩荡一些
矮下来的荒野，声音空旷，可以听到一个村庄的回声
甚至城市，甚至工棚，甚至被洞悉的，甚至被遗忘的
可是人们怕，可惜我也怕，不被禁锢的真实

我用火偿还火，沉默偿还沉默
那一声不吭被我拍打的大地，已烂醉如泥
天空啊，请高一点，再高一点吧，那一尾流星不要游出天河
这样，我就不会仰起头把它当作石头抚摸

人心如沸，而山还是在沟壑里开出花朵
他们越开越多，每一朵都是一个陌生人
也许有一天，他们会认识我
也许一口浓烟，我们消散于人世的辽阔

我不问他们去了哪里，花期已到
我身后还站着深夜，站着临近黎明的漫长孤独
站着，吹过的微风，需要煮熟的食物
我如此贪婪，把这些装进口袋，又要把这自取的一切打翻

我不知道，要在火中炙烤多回
我只把一根通红的铁，烙在最贴近心口的地方
我是自己的纵火犯，我钻木头、打火石、吹火折、点火柴
不点燃自己，我就无家可归

你是谁

那只猫儿跟着我。就让他跟着
还有那个孩子。三十三年了
我仍听不得他的哀号

如果你还活着。该在草间抖一下露珠
有时是蝶舞。有时扮作鸟鸣
在我的窗口靠一靠

如果你已死去。没有一块石碑刻下你
树下没有。余烬里没有
暮霭飞絮里也没有

怕你找不到回家的路。就点起一簇火焰
怕你在我心里一点点荒凉。就又点起一簇
可是，你是谁？女儿问一句，一朵痂口爆开

虎口的疼痛摁不住，胸口的焦灼摁不住
没有将我摁入泥土的，终于将我抛入大海
我已埋葬。而我还漂泊

春是木质的，一扇门把他分开

春是木质的。一扇门把他分开
男人和女人分开。阴和阳分开
生和死。我的心也分开

白天有白天的样子。夜晚有夜晚的样子
一个将将离开。另一个将将到来
一个寻着一个。一个寻不到一个

麦子谷子稻子一生长就分开

长一些身体就暖一些。再长又微冷
长成内心有故乡的人。长成找不到故乡的人

山川树影柳絮浮萍。每一次离散
子女之于父母。鸟别于天空
无尽的道别。无尽的怀抱

胡桃说，人心是在脑子里分开的
小时候看不懂一个世界。长大了看不懂一个人
那不在心上的木头 。是风刻过的骨头

雨水，不肯折断地流

无叶无枝无根。四滴水墨矮下来
飞 枕河人家的乌篷船 春风不度的玉门关
黑暗中疯一次 就濡湿我的眼眶

走下祭坛。一定是冷透了的一碗
碎了 也是咸透了的深情

酸涩正好。泡两壶明前龙井

一壶顺风而来　一壶随心而去

屋檐瓦当里流　树木年轮里流

一横一竖地流　不肯折断地流

纵身一跃。巨石泥沙流下来

回声流下来。一层层白霜

纸上岁月流下来。坚硬如铁

流。湖水。海水。江水。流成天水

流。河流。溪流。泪流。终成奔流

我失重的身体　贴着一叶扁舟

大河之声（节选）

九只苍鸟 飞过红铜色的大河

后羿的九个落口　扑棱棱掠过

下瀚海吧　呼麦燃起命运的醋酺

大河，你的天空在深处 你的骨骼在高处
你的慈悲在九曲的最低处
走额济纳的胡杨林 华胥氏的黄土坡

一粒粒石子投向你 喧嚣的俗世投向你
你胸中的块垒负载太多
没有咆哮过的山河不是山河

大河，你长鞭一挥 巴颜喀拉就凿出黑洞
漫天星海宿在这里 游鱼可数
也可以是一根芦苇 河床涨落

一下又一下 你把自己凿空
凿出山谷 小泉和湖泊
一滴水也是一滴城池

就这样与世界相持吗
掌纹里千山万水的声音
每一次转折都有一回干涸

大河，我把你刻进后母戊大鼎

刻进芮公的车辚马萧　金镳玉络

刻进黄沙　刻进南河、漳河

刻，笔停不下来，停下来就会失色

水停不下来　停下来就成死水

手也停不下来，停下来就无法把握

大河，这杜甫行兵车的大河　山河在

这李白天上飞流的大河　守四方

这断流而不死的大河　是我的大河

月下的河堤　铺着青青草色

那只锵劲的唢呐啊　一曲水尽飞鹅

你不说话，只把拳头紧紧地攥着

大河，大河　惊涛骇浪里

山一样的回声

是你金子般的沉默！

┃陈丽伟

作者简介：

陈丽伟，鲁院第二届作家研究生班、鲁院第二十四届高研班学员，
中国作家协会会员，天津市"五个一批"人才，
滨海新区政协常委、文史委副主任，
滨海时报《中国新经济文学》专刊主编，高级编辑（正教授级）。
北京老舍文学院第二届中青年作家高研班学员。

小年或糖瓜儿

小年很小，也就一粒糖瓜儿那么大
舔一口，能甜到一个国家的脚后跟

小年很大，一个灶塘的浓烟
忽忽悠悠能走遍整个的天庭

灶王爷是历史悠久的受贿者
从古至今上上下下地说谎话

行贿者是谁呢？不把他们抓起来
一粒糖瓜儿也就是一颗定时炸弹

想到来生

认识多少人，就要忘记多少人
走过几座城，就要告别几座城

人生的座位比龙椅还要抢手
一代代的争夺根本用不着刀兵

种一朵花，就让它开得干干净净
写一个字，就把它写得清清楚楚

因为在漫长的没有终点的来生
你不一定找到种花、写字的工作

因此认识几个人，就记住几个人
走过几座城，也就爱上几座城

泪之花

雪花们从天上落下来
越接近地面，他们越安静

我就是其中的一朵
偷着用寒冷雕刻着自己

美丽有超过千万种图案

我却总雕不出想要的那种

人家借着枯枝怒放时

我早已掉到地上不见了

我只是一滴泪

虽然有过花的容颜

落叶，2019

你一步一片落叶

你一步一片秋风

那年走过的春天已经消失

好几次回去也没有找到

那年问过的秋山已经老去

丹崖绝壁的刻字早斑驳风化

从古至今，整个世界有落叶在飞

有时像一阵狂风那样急促

有时像一滴泉水那样缓慢

我乘一片翡翠的叶子而来

我乘一片黄金的叶子离去

写在深泽的十四行

时间，在这里慢下来

一分钟有整个童年那么长

一条路有整个青春那么远

童年是一张无边无际的白纸

写错了什么都可以涂掉重写

青春是一块斑斑驳驳的调色板

风一吹，和倒下的画布粘在了一起

我从这里出生，长大，离开

把田间的小路走得坑坑洼洼
把蓝色的河水游成干枯的河床

我从这里匆匆走过，用一分钟
回忆童年，一分钟回忆青春
一分钟慢成一条干涸而遥远的河
看不见的波涛，在无声汹涌

弋阳康伯祠前

一个家族的女人在一起做米粿
一个家族的男人在一起打年糕

欢笑像春天里满树的花。我独坐一旁
默默看这个同姓家族千年的根深叶茂

内心泪水奔流。我曾戴过那满树的花
而今地球上有个村庄的院落荒草丛生

人有时想做一根荒草
都不能

疫中狂想

过些日子，等疫情彻底过去了
我要买好多好多各种各样的口罩堆家里
对，我要做一个口罩收藏家，因为我觉得
它们远比那些所谓烟酒茶叶能给我安慰
更比那些金石字画拓片什么的显得文雅

我还要去买很多很多的防护服堆家里
没人时，我就一件件打开，一件件穿上
再一件件脱下来，一件件仔细叠好，收好
那样，我心里会感到多么踏实富有啊
下雨我也不怕，下雪我也不怕
下细菌我也不怕，下病毒我也不怕

我不再买墨汁了，什么国产的日本的

什么一得阁啊红星啊玄宗啊甚至朱砂的
再贵又有什么用，写的字再好有什么用
宣纸也不买了，再好，一根火柴就点着了
再好的墨汁再好的宣纸写上再好的字
烧完的灰里，谁还能分清墨汁宣纸和字呢

我要买酒精，要 75 度的，我要买 84 消毒液
我不喝，我就分别放满两个游泳池看着玩
再有条件，我买每个房间都是纯氧舱的别墅
我躺在里面，什么也不吃，野生动物不吃
转基因不吃，苏丹红不吃，孔雀绿不吃
喷香的地沟油不吃，连甲醛大白菜我都不吃

戴口罩的春天

春天刚想叫出几声欢快的鸟鸣
忽然被一只口罩嚼子一样勒住了嘴

转天看见的春天，已经被肢解了

楼窗里扔一块，车窗里扔一块……

很多的村庄，包括很多的小区
都和春天划清界限甚至办了离婚手续

他们思念春天，想亲近春天
却怕和春天有了纠缠不清的关系

现在，听说春天被装进一个个袋子
被切成一条条摆在网店，你爱要不要

一件写满名字的防护服

我身上写满了各种姓氏的名字
这些名字来自中国的很多省市

我跟主人走遍城市的大街小巷楼梯病房
主人的手，和这些名字不一定曾经相握

但他们的目光曾经一次次温暖地交流
像手上传递的温热的饭菜新鲜的水果

也只有用目光，因为我的兄弟们
严密遮挡了他们各种美丽的面容

恶魔来袭，他们从四面八方来杀敌
我的主人也甘愿冒着弹雨运送军粮

我恨自己出生，恨自己有用
从上岗那天就盼望自己下岗

现在，他们要凯旋，我也要下岗了
主人请求他们把名字写在我的身上

我记不全身上的这些名字，但我知道
对于这座苦难的城市，他们统称恩人

哦，你问我的主人？他们
有个统一的名字：志愿者

带问号的十四行诗

当遥远的白云闪电一样刺眼
被病毒戴上镣铐的双脚，是否很久
没有迈出过自由散步的门槛？

当街头的花朵空谷一样寂寞
一个人再富有，在死亡的表盘上
能否把纤细的秒针多拨一格？

是谁给春天戴上了口罩？
是谁让车河干涸成小溪？
是谁把拆除百年的城墙一夜垒起？
是谁把万物灵长一夜关进笼子里？

有些问题无解，有些则必须回答
否则，会有一次高过一次的惩罚

刘玥含 |

作者简介：

刘玥含，中国金融作协会员，河北省作协会员，
北京老舍文学院第二届中青年作家高研班学员。
荣获 2017 年度作家与诗人奖铜奖，第四届中外诗歌散文邀请赛一等奖。
现居石家庄市，供职于建行河北省分行。著有诗集《行走的桃花》。

月亮的影子

月亮的影子一定是白色的
纯白纯白的那种，半透明的
像一滴泪落在白纸上的颜色

月亮的影子一定很长很长
长过唐诗，宋词，李白的情思
甚至比一曲《春江花月夜》的韵味还要长

月亮的影子一定是环状的
首尾相接
像银镯子戴在腕上
看不到开始，也看不到结束

我一直都在影子里走着
我的脚印歪歪扭扭
像诗行
孤独的，执着的，纯白色的
从尘世踱步天空

错过

我以为你会来
于是一整天
我都在阴沉的天空等着你

我期盼着
在某个恍惚的瞬间
一抬眼就能望见你
仿佛望见一次深藏内心的欢喜

可是，当渴望和深夜一起入梦
当阳光再次穿透窗口和黎明
我才知道
我又一次错过了你

你去了北京，去了蔚县
去了许许多多个远方
把六角的玫瑰花撒满心田
却终究还是错过了石家庄

错过了石家庄

一场洁白的

如史诗般的爱恋

境界

倘若我的笑容是真实的

这山也该是真实的

这山上的瀑布也该是真实的

放眼望去

远山，中瀑，近水

几棵散落的树木

倘若把世界轻轻安置在留白处

万物便都有了写意的美

辽阔在辽阔里放逐

寂静在寂静里收藏

当我真正不动声色

属于我自己时

世界比我看到的要精致小巧许多

叠一叠，就能揣进衣兜

五月北戴河来看海

望着你

望着一望无际

白浪如雪

仿佛你的双臂

一次次拥抱，一次次亲吻

激情汹涌，在初夏的风里

似乎隔了一个世纪

我们才再次相遇

可是我知道

你一直都在这里

爱一直都在这里

多想是你的清晨，

你的正午，你的傍晚

是你经历的每一寸时光

可以守住你的沧桑

多想是你的沙滩

是你清晨喷薄而出的红日

是你夜晚皎皎空中一轮孤月

可以接受你，温暖你，照亮你

哪怕只是你沙滩上的一只贝壳

是你海面上的一片粼粼月光

是你小船上的一枚剪影

是你的一朵浪花

或者仅仅是你的

一粒沙粒，一滴水滴

可以依偎在你的怀抱

陪伴你，爱恋你

哪怕只是坐在你的岸边

静静地望着你

聆听你交响乐般的涛声

默默地赤脚在你的沙滩上踩下一个个

深深浅浅的脚印

哪怕只是捧着你的照片

在分别之后

欣赏你，铭记你，崇拜你，思念你

爱，一直都在

在眼里，在心里，在风里

爱，无法言语

爱，不离不弃

第一场春雨

是谁飘飘洒洒

在窗外，在心里

淅淅沥沥，淅淅沥沥

是你，还是三月里的第一场春雨

温润又含蓄，温润又含蓄
只一阵，就敲开了杨树花紧闭的心扉
你看那细雨中含苞待放的蓓蕾

我站在六楼的阳台
望着窗外
不忍离开，不忍离开
我要听一听花开的声音

一朵……两朵
就像读一首诗
欣喜，甜蜜

走在风里的心事

走在风里的心事
风是有温度的
忽而暖，忽而冷

心事就有了温度

有了春夏秋冬

夜色也在风里

走走停停

星星的眼睛总是太亮

手机拿起又放下

月色便忽明忽暗

行走的桃花

从修长的笔端走来

经过一场醉心的三月

是不是要乘一叶扁舟

泊进一纸元代的山水

那些柔软的宣纸

能否将心事一一透视

如水墨色

我在那片寂静的墨色里等你

我在一片墨色里穿越

夜静谧温柔

空中有皓月

洒下元代的清晖

我在清晖里

追忆前世的遗痕

有白色的樊篱斜出一袭水墨

揽下五月微枯的蔷薇

月季就在不远处

艳红，浅粉，还有一片罕见的白

偶有尘声闯入

淹没在寂静里

我，就在那片寂静的墨色里

等你

等你走过红尘

走近千年前的月色

叩响隔尘的樊篱

父亲迎着一场山洪

窗外一场大雨
心中一场大雨
内外不知谁比谁更大

父亲，佝偻着身体
独自走在
陡峭的山路上

迎面是一场山洪
把父亲从深秋卷入寒冬
我的疼痛夹在实情和谎言之间

我撑伞踌躇前行
窗外的雨终会停歇
心里的雨，我怕一不小心
就湿透了余生

修复

有时候
我需要停下来
在风里

宁静
像一株开在庭院里的花
在月光下整理自己的颜色
或被风吹乱的花瓣

那些围墙或屋檐
抵御了四面八方
静下来
风就停了

在院落的梧桐树下
皎洁的月光里
弹一首天籁的筝曲

寂静与美好

便拥着这如水的月光

一层一层漫过心底

湖边小憩

我对湖，湖对天

碧波对云烟

多少灯火意潺潺

明灭似曾见

银梳乌发理还乱

柳丝垂欲断

谁携星雨微微凉

滴落心事间